내 남자친구 이야기

Le pianiste sans visage
by Christian Grenier

내 남자친구 이야기

두 사람의 같은 추억, 서로 다른 이야기

크리스티앙 그르니에 지음
김주열 옮김

사계절

이야기는 결코 하나일 수 없다.
사실이 사실 자체로 존재하는 경우는 없다.
그것은 사람 수만큼 존재하는 것이 아닐까?
—『내 여자친구 이야기』에서

음악회의 밤

10월 1일, 토요일이었다. 나는 그날 저녁을 마치 어제처럼 생생하게 기억한다.

월요일에 제출할 숙제를 막 끝마치고 무티에게 독일어 숙제를 도와 달라고 부탁했는데 거절당했다.

"얘, 넌 중학교 3학년이야. 숙제를 도와 달라는 건 말도 안 돼. 이제부터 독일어 공부는 네가 알아서 해."

무티는 샤프탈 중고등학교에서 독일어를 가르친다. 작년에는 우리 반을 가르쳤다. 나는 독일어에서 항상 최고 점수를 받았다. 물론 반 친구들은 빈정거렸다.

"엄마가 독일 사람인데 독일어 점수 잘 받는 거야 누워서 떡

먹기지. 게다가 우리 반 독일어 선생님이기까지 하니……."

나는 무티, 아니 레플렉스 부인이 사실 내 친엄마가 아니고 공부를 봐 주는 것은 더욱 아니라고 반박했다.

내가 독일어를 프랑스어만큼이나 잘하는 건 당연하다. 무티가 집에서 두 나라 말을 가리지 않고 섞어 쓰니까.

그날 저녁밥을 먹고 나서 텔레비전 프로를 살펴보려는데 초인종이 짧게 세 번 울렸다. 오마 할머니였다.

할머니는 작은 분홍색 표를 흔들며 들어왔다.

"오늘 밤에 음악회 갈 사람?"

이복동생인 플로랑이 재빨리 나섰다.

"누군데요? 조니 할리데이? 필 콜린스?"

할머니는 어깨를 으쓱해 보였다.

"왜 차라리 비틀즈라고 하지, 요 맹꽁아. 이건 피아노 독주회야. 그 유명한 아마도 리코리니*가 연주를 한대."

유명하다고? 모든 사람들에게 다 유명한 건 아니겠지. 나는 처음 들어 본 이름인걸.

"엄마, 표가 몇 장인데요?"

무티가 할머니에게 물었다.

"아쉽게도 한 장뿐이야! 너 안 갈래?"

*아마도 리코리니와 뒤에 나올 오스카 레플렉스는 허구의 인물이지만 그 외에 이 작품에 등장하는 모든 작곡가와 음악가는 실존 인물이다. —원주

무티는 얼굴을 살짝 찌푸리며 어색한 웃음을 지어 보였다. 나는 그 의미를 알 수 있었다.

"아니, 엄마가 안 가시고요?"

"음, 오늘 밤 6번에서 '여름날의 사랑'을 재방송하거든!"

할머니가 신이 난 듯 말했다.

이번에는 내가 얼굴을 찌푸렸다. 물론 나도 텔레비전 드라마를 싫어하는 건 아니다. 그러나 텔레비전 앞에서 할머니와 함께 세 시간을 보내느니 차라리 국어 선생님이 오늘 아침에 '반드시 이 달 말까지'라고 못 박은 『제르미날』을 읽는 게 나을 것 같았다.

할머니는 드라마를 볼 때 절대 가만히 있는 법이 없다. 한 장면 한 장면에 전부 해설을 붙인다.

"어머나, 저것 좀 봐! 대단해……. 그런데 왜 저 남자는 여자한테 그런 말을 했을까? 마음속으로 사랑하기 때문일 거야, 그렇지? 저 여자 허풍 하나는 알아줘야 해, 안 그러냐?"

할머니와 함께 드라마를 보면 굳이 화면을 쳐다볼 필요가 없다. 할머니가 영상과 음향을 모두 대신하기 때문이다.

오마 할머니는 무티의 어머니, 그러니까 나에게는 외할머니인 셈이다. 할머니는 우리 아파트 가까이에 산다. 할머니는 '바보상자'를 사지 않겠다고 고집해서 집에 텔레비전이 없다. 그러나 재미있는 프로를 발견하면 곧장 우리 집으로 온다. 사실 그런 경우는 기껏해야 일주일에 한 번 정도다. 그런데 문제는 그 한 번이 항상 무티와 내가 어떤 프로를 보려고 마음먹은 날 저녁이라는 거다. 그리고 그 프로는 할머니가 보려고 하는 것과 같았던 적이 한 번도 없다.

"그러면 표는 왜 사셨어요?"

무티가 물었다.

"산 게 아니라 당첨된 거야! 지난주 프랑스뮈지크*로 가장 빨리 전화를 건 세 사람 중에 내가 끼었잖니. 너도 왜 그 '음악회의 초대'라는 방송 알잖아."

할머니는 경품이라면 사족을 못 쓴다. 그래서 경품 행사에 많은 시간을 투자한다. 복권에도 숱하게 당첨되었다(작년에는 발레아레스 2인 여행권을 탄 적도 있었다).

지금도 나지막한 탁자에 놓여 있던 분홍색 표가 눈에 선하다. 그때 잠시 망설였던 기억이 난다. 하지만 그건 잠깐이었다.

"그럼 제가 갈게요."

내 말에 무티가 눈썹을 치켰다. 할머니도 놀라는 표정이었다. 하지만 할머니는 정확히 밝히는 게 좋겠다고 생각했는지 정색을 하고 말했다.

"잔, 클래식 음악회야!"

이번엔 무티가 나섰다.

*France Musique. 1954년에 세워진 프랑스 국영 라디오 방송국. 주로 클래식과 재즈 음악을 방송한다.

"누구랑 갈 건데?"

"같이 갈 사람은 없어도 돼요."

"너 혼자 지하철을 타고 갔다 온다고? 그것도 밤에? 열여섯 살밖에 안 먹은 애가? Unmöglich(말이 되는 소리를 해야지)!"

무티의 말에 따르면 파리에서 날마다 200건의 폭력 사건이 일어나는데, 특히 지하철에서 심하다는 것이다. 그것도 우리가 사는 클리쉬 광장 쪽에서 자주 일어난다고 했다.

"같이 가자. 그런데 옷은 갈아입어라. 청바지 차림으로 연주회에 가는 사람은 없어."

무티는 표를 들고 전화를 걸더니 곧 투덜대며 수화기를 내려놓았다.

"매진이라는데. 그래도 내가 같이 가 줄게. 지하철로 다섯 정거장밖에 안 되니까. 음악회가 끝날 때까지 찻집에서 답안지 채점이나 하지 뭐."

우리 반 친구들도 밤에 외출할 때 나처럼 엄마를 보호자로 동반하는지 모르겠다. 나는 친구가 별로 없어서 잘 모르겠지만, 어쨌든 이것이 교사를 부모로 둔 아이들의 운명인 것 같다. 평소에 친구들은 부모가 교사인 아이들을 경계한다. 그러다가 시험 전날이나 기말에 학급 사정회의*가 열리기 직전에는 아

---

*프랑스에서는 학기 말에 선생님과 학급의 대표들이 모여 반 학생들의 진급이나 진학을 사정(査定)하는 회의를 연다.

주 친한 척한다. 그때마다 정보를 제공하는 대가로 돈을 받는
다면 한밑천 잡을 수도 있을 텐데!

　우리는 바로 출발했고, 무티가 나를 연주회장 입구까지 데
려다 주었다. 음악회 입장권은 영화 표보다 여섯 배나 비쌌다.
할머니가 내게 호사스러운 선물을 한 셈이다. 하지만 그때 나
는 이런 생각을 했던 것 같다.

　'피아노 치는 사람을 보자고 이렇게 큰돈을 쓰다니, 웬 낭비
람!'

　공연 포스터에서 아마도 리코리니의 사진을 보았는데 대머
리에 눈빛이 매서운 노인이었다. 청중은 대개 정장이나 드레
스 차림이었다. 옷을 갈아입으라는 무티의 충고가 옳았다. 나
는 곧 음악회에 온 것을 후회하기 시작했다. 복장을 갖춰 입어
야 하고 행동도 조심해야 하는 이런 곳은 질색이다. 집에서
『제르미날』이나 읽는 건데…….

　좌석 안내원이 자리를 안내해 주었다(운 좋게도 내 자리는
앞에서 둘째 줄이었다). 프로그램을 주기에 받지 않겠다고 했
더니 "무료입니다."라는 말과 함께 일방적으로 내 손에 들려
주었다.

　옆에 앉은 사람들을 따라서 프로그램을 대충 훑어보았다.
하지만 나는 클래식 음악에 대해서는 까막눈이나 다름없었다.
베토벤과 라벨은 조금 알지만(작년에 브리카르 음악 선생님이
그 유명한 〈볼레로〉를 가지고 한 시간 동안 우리를 귀찮게 했

다), 루치아노 베리오*와 슈토크하우젠**은 태어나서 처음 들
어 보는 이름이었다.

어떤 사람이 무대로 나왔는데, 그 유명하다는 리코리니가
아니었다. 그 거장은 병이 나서 그의 제자인 젊은 피아니스트
가 대신 연주를 하게 될 거라는 해명이 있었다. 따라서 연주 곡
목도 약간 바뀌었다.

옆 좌석에 앉은 노부부는 몹시 실망한 기색이었다. 그렇지
만 그들은 새로 연주될 곡명을 서둘러 프로그램에다 적었다.
어떤 곡이 연주되든 나한테는 마찬가지였다.

드디어 피아니스트가 나타나더니 청중에게 인사하기 위해
무대 앞쪽으로 걸어 나왔다. 그는 아주 젊은 데다가 행동이 서
툴렀고, 조금 겁을 먹은 듯했다. 얼굴은 긴 갈색 머리카락에 가
려 잘 보이지 않았다. 얼굴을 감추는 게 나쁜 건 아니지만 백인
인지 흑인인지 황색인인지조차 알 수 없었다. 옆에 앉은 사람
들은 낮은 소리로 빈정대는 말을 두어 마디 주고받았다. 그들
은 장난 아니면 속임수라고 생각하는 것 같았다.

그러나 피아니스트가 연주를 시작하자 그런 인상은 사라졌
다. 그날 그가 연주한 첫 소절이 낳은 벅찬 감동의 메아리는 아
직도 내 가슴에 남아 있다. 내 귀와 가슴으로 동시에 감동을 받

---

*Luciano Berio(1925~2003). 이탈리아의 대표적 작곡가.
**Karlheinz Stockhausen(1928~2007). 독일의 작곡가이자 이론가.

왔던 것이다. 요즘도 그 곡, 슈베르트의 〈방랑자 환상곡〉을 들으면, 그 특별한 순간의 마법에 다시금 사로잡힌다. 그날의 연주회장, 청중, 피아니스트의 모습이 눈에 선하다. 첫 소절이 청중에게 불러일으킨 놀라움도 아직 생생하다. 특히 그날의 청중은 음악 전문가와 애호가 들이 대부분이었다.

그때의 느낌을 어떻게 설명해야 할까? 여러 가지 요소가 작용한 결과라서 나로서는 도저히 설명할 길이 없다. 그러나 그날 특히 나를 사로잡은 것은 작품과 연주였다.

마치 문 하나가 열리는 기분이었다고 할까.

아니면 거센 파도에 휩쓸린 기분이었다고 할까.

갑자기 다른 세계로 들어선 나는 놀라운 전율과 감동에 몸을 내맡기고 있었다. 클래식 음악이 이런 것이었나? 그런데 나는 그토록 오랫동안 모르고 지내 왔단 말인가?

해마다 1월 1일 아침에 무티는 빈에서 열리는 신년 음악회를 보기 위해 텔레비전을 켠다. 나는 식탁을 차리며 무심코 듣곤 했다. 브리카르 선생님은 음악 시간에 이따금 클래식 음반을 틀어 준다. 베토벤의 교향곡도 들었고 바그너와 모차르트의 음악도 감상했다. 그러나 음악을 듣고 나서는 설명을 듣거나 실제로 적용해 보는 일이 뒤따른다. 주제를 알아챘을 때 손을 들어야 하고, 호른이나 바이올린이 그 주제를 되풀이하는 방식을 주의해서 들어야 하고…….

물론 선생님이 문제를 내는 건 음악 시간만이 아니다. 국어 선생님은 어떤 시라도 분해해 버리고 마는 재주가 있다. 그래서 선생님이 공들여 잘라 놓은 랭보의 짧은 시는 수업이 끝날 때쯤이면 해부한 개구리의 시체처럼 너덜너덜해진다. 그렇게 하고 나면 시인이 어떻게 시를 썼는지 완벽하게 이해하게 되는지 몰라도 랭보의 시는 결국 식물도감의 꽃처럼 생기를 잃어버리고 만다.

그날 연주회장에서는 음악이 어떤 가식도 없이 충만하게 울려 퍼졌다. 처음 몇 소절이 연주되는 순간부터 곧바로 그 음반을 사리라 마음먹었다. 전율과 불안 그리고 행복이 묘하게 어우러진 그 감동을 다시 맛보고 싶었기 때문이다.

곡이 끝났지만 피아니스트는 무대 앞으로 인사하러 나오지 않았다. 박수갈채에는 관심조차 없는 듯했다. 옆에 앉은 노부인이 남편 쪽으로 몸을 돌리고 말했다.

"〈방랑자 환상곡〉이네. 대단한 연주에요!"

"그래, 대단하군. 알프레트 브렌델*의 연주보다 나은 것 같은데."

그 순간 나는 청중을 사로잡는 힘은 작품 자체의 매력뿐 아니라 피아니스트의 연주 실력에서도 비롯된다는 사실을 깨달았다. 나는 피아니스트의 얼굴을 보려고 애썼다. 두 번째 줄에

*Alfred Brendel(1931~   ). 뛰어난 기교와 격조 높은 표현으로 정평이 난 체코 출신의 오스트리아 피아니스트.

서는 얼굴을 보는 것이 어렵지 않을 수도 있는데 전혀 그렇지 않았다. 건반을 내려다보는 그의 얼굴은 온통 머리카락으로 뒤덮여 있었다. 그렇게 하고 어떻게 건반을 볼 수 있지? 연주 곡들을 전부 외우고 있을 거야. 자판을 전혀 보지 않고 타자를 치는 타이피스트처럼 아마 어둠 속에서도 연주할 수 있겠지.

두 번째 곡을 들으며 나는 점점 더 이국적인 세계로 이끌려 갔다. 피아노는 불협화음에 가까운 화음을 쏟아 내며 낯선 빛깔의 해안으로 나아갔다.

두 번째 곡에 이어 〈장송 행진곡〉이 연주되었다. 웅장하고 멋진 곡이었다. 게다가 음의 세계가 어찌나 풍부한지 피아노 한 대가 그처럼 무한한 가능성을 지닐 수 있다는 사실이 믿어지지 않았다.

많은 기자들이 내 앞쪽으로 와서 연주를 막 끝낸 피아니스트의 사진을 찍어 댔지만, 그들이 찍은 것은 그의 그림자에 불과했다. 혹시 텁수룩한 머리카락으로 가리고 싶을 만큼 얼굴이 추하거나 끔찍하게 일그러진 걸까?

"브라보!"

옆에 앉은 노인이 목이 터져라 소리쳤다.

"앙코르, 앙코르!"

노인의 부인도 소리쳤다. 나도 따라서 앙코르를 외쳤다.

피아니스트가 다시 나와 피아노 앞에 앉았고 연주가 시작되었다. 옆에 앉은 노인이 중얼거렸다.

“슈베르트로군.”

건반에서 흘러나오는 화음을 타고 다시 낯익은 듯한 고통이 일었다. 슈베르트! 그런데 그 곡은 〈방랑자 환상곡〉과는 전혀 달랐다. 끝없는 탄식이 이어졌다. 속내 이야기, 희망, 고통 그리고 의심……. 그것은 절망한 한 음악가가 털어놓는 고뇌였고 음악으로 쓴 한 편의 소설이었다. 마지막 부분에 이르자 눈물이 났다. 감동적인 영화를 보고도 울지 않던 내가!

나는 슈베르트의 음악을 들으며 국어 선생님이 복잡한 개념으로 설명했던 ‘서정적’이라는 말의 뜻을 마침내 이해할 수 있었다.

마지막 음이 잦아들자(마치 임종하는 순간처럼 고통스럽고 비장했다), 머리카락에 얼굴이 가려진 피아니스트가 일어서더니 청중에게 인사하기 위해 무대 앞쪽으로 나왔다. 열렬한 박수갈채가 터져 나왔다. 그러나 피아니스트는 감격히는 것 같지 않았다. 그는 무대 뒤로 사라지더니 다시 나타나지 않았다.

연주회장 밖으로 나왔을 때 무티는 내가 얼마나 감동했는지 금방 알아차렸다.

“아니, 잔……. 표정이 왜 그러니? 음악회가 어땠는데?”

“그건…… 엄마는 이해 못해……. 말로는 뭐라고 설명할 수 없어요.”

무티는 인자한 미소를 지었다.

“어쩜, 난 지겨웠는데! 그동안 시험지를 두 꾸러미나 채점했거든. 휴식 시간을 연장했나 본데……. 리코리니는 어땠니?”

“휴식 시간은 없었어요. 리코리니도 아니었고요.”

나는 무티에게 연주자가 변경된 사실을 설명하고 프로그램을 보여 주었다. 하지만 그건 별 의미가 없었다. 프로그램에는 실제로 연주된 곡과 피아니스트의 이름이 적혀 있지 않았기 때문이다.

“엄마, 슈베르트의 소나타 〈방랑자 환상곡〉을 들어 본 적 있어요?”

“글쎄……. 아, 맞아! 있어. 슈베르트가 작곡한 많은 소나타 가운데 하나라는 건 알아. 하지만 라디오에서 그 곡을 들으면 잘 모를 거야. 나야 워낙 클래식 음악을 잘 모르니까…….”

무티는 잠시 멈칫하더니, 자신이 무심코 한 말에 화가 난 듯 나지막한 목소리로 재빨리 하던 말을 마쳤다.

“……네 아버지는 달랐지.”

아버지에 대한 얘기는 입에 올릴 수 없는 금기 사항이다. 아버지는 오래전에 돌아가셨다. 무티는 아버지 이야기를 하는 법이 없다. 오마 할머니와 플로랑도 마찬가지다. 나는 아주 어려서부터 해서는 안 될 말이 있다는 것을 알고 있었다.

그런데 무티가 먼저 그 말을 꺼낸 것이다.

벤치에서 만난 남학생

다음 날 아침 일찍 플로랑의 방으로 갔다. 침대 머리맡 탁자에 놓인 휴대용 시디플레이어를 집어 들고 뒤죽박죽 쌓여 있는 시디 더미를 뒤졌다. 플로랑이 몸을 뒤척이며 투덜댔다.

"아니, 내 방에서 뭐 하는 거야?"

"클래식 시디를 찾는 중이야."

"누나, 그기라면 간단해. 잠깐 기다려."

플로랑은 부스스 일어나더니 시디 무더기에서 한 장을 끄집어내어 내게 내밀었다.

"자, 내가 가진 건 이게 전부야."

〈비엔나 왈츠〉. 작곡가 이름도 없고 연주자 이름도 쓰여 있지 않았다. 얇은 종이 상자 안에 들어 있는, 편의점에서 파는 시디였다.

“시디플레이어 좀 빌려 줄래?”

시디플레이어는 내가 플로랑에게 크리스마스 선물로 주었던 것이다.

“물론이지.”

시디를 플레이어 안에 넣고 헤드폰을 꼈다. 오케스트라 연주가 몇 소절 들리더니 갑자기 덜그덕거리는 소리가 나면서 멈춰 버렸다.

“어, 안 돌아가잖아!”

시디를 꺼내 자세히 살펴보았다. 이런 끔찍한 일이 있나!

“시디를 박박 닦으면 안 된다는 것쯤은 너도 알 텐데?”

“응, 알아. 아마 망가졌을 거야. 내 친구 조엘이 선물한 건데.”

플로랑이 투덜거렸다.

오후에 샹젤리제에 있는 ‘버진 메가스토어’로 갔다. 클래식 진열대에서 한동안 헤매다가 계산대로 가서 50대로 보이는 점원에게 물었다.

“슈베르트의 〈방랑자 환상곡〉 있어요?”

“물론이지. 피아노 곡 전집 음반 쪽이나 작곡가 이름순으로 분류한 곳에서 슈베르트를 찾아봐.”

점원은 나를 한참 쳐다보다가 망설이는 듯하더니 마치 비밀이라도 털어놓는 듯한 말투로 덧붙였다.

"알프레트 브렌델의 연주가 좋단다."

어제 음악회에서 옆에 앉았던 노부부가 말한 이름이었다. 나는 사설 클럽의 문을 빠끔히 연 것이다. 그곳은 배타적 특권 사회와도 같았다. 그곳에는 작곡가와 연주가뿐 아니라 섬세한 전문가도 있었다. 나는 미지의 세계에서 모험을 하고 있었다. 앞으로 누가 내 길잡이가 되어 주지? 클래식 음악의 세계는 흥미로우면서도 한편으로는 나를 주눅 들게 했다. 처음으로 항해에 나선 사람들도 망망대해 앞에서 이런 현기증을 느끼지 않았을까?

브렌델이 연주하는 〈방랑자 환상곡〉은 쉽게 찾을 수 있었다. 시디 가격이 꽤 비쌌지만 망설이지 않았다. 어차피 대중가요 시디도 가격이 비슷했다. 그러나 이런 가격의 시디를 열 장 이상 사 모으려면 아주 오랜 시간이 걸릴 것이다.

집으로 돌아와서 플로링의 시디플레이어를 가지고 방에 틀어박혔다. 어제 연주회에서 들었던 첫 번째 곡을 바로 찾을 수 있었다. 그러나 어제 느꼈던 감동과 기쁨만큼 만족스럽지가 않았다. 물론 피아니스트의 연주는 훌륭했다. 격렬하다가 때로는 섬세해지곤 했다. 그렇지만 어제의 연주와는 달랐다. 완벽했지만 어딘가 실망스러웠다. 게다가 플로랑의 휴대용 시디플레이어의 품질도 아쉬웠다. 사실 그건 그다지 비싼 제품은 아니다.

나는 밤새도록 시디를 들었다. 특히 〈방랑자 환상곡〉을 반복해서 들었다. 들을수록 친숙하게 다가왔다.

그날 밤 나는 헤드폰을 낀 채 잠이 들었다.

그 후 이틀 동안 음악에 대한 취미를 같이 나눌 반 친구를 찾으려고 애써 보았는데 쉽지 않았다.

일부러 조사한 것은 아니지만, 나는 3년 전부터 우리 반 아이들에 대해 거의 다 알고 있다. 그리고 첫 음악 시간을 또렷이 기억하는데, 그때 음악을 담당하는 브리카르 선생님이 우리들 중 악기를 다루는 사람이 있느냐고 물었다. 세 명이 손을 들었는데, 기타를 연주하는 카롤과 아들린(유명 가수의 노래를 부르면서 기타 줄을 긁어 댄다고 말하는 편이 낫다), 그리고 컴퓨터와 신시사이저를 끼고 사는 조엘이었다.

"그게 아니라……."

브리카르 선생님은 웃으며 말했다.

"내가 말하는 건 오케스트라 악기다. 그러니까 피아노, 바이올린, 플루트 같은 거지. 아무도 없나?"

다음 날 무티에게 물어보았다.

"엄마 반 아이들 중에 클래식 음악을 좋아하는 애는 없을까?"

"있겠지. 하지만 어떻게 찾아내지? 잔, 만약 있더라도 내가 알아봐 주진 않을 거야."

기델 만한 사람으로는 브리카르 선생님이 남아 있었다. 하지만 클래식 음악 때문이라 해도 선생님에게 접근한다면, 잘 보이려고 열심인 척하는 행동으로 보일지도 모른다.

피에르를 만난 것은 바로 그 무렵이었다.

수업이 끝나자 나는 여느 때처럼 길 중앙에 있는 광장으로 향했다. 그 광장은 지하철 로마 역과 클리쉬 역 사이에 난 넓은 가로수 길로, 커다란 나무들 아래 차들이 죽 세워져 있는 곳이다.

비둘기와 노숙자 들의 쉼터이자, 혼잡한 바티뇰 거리를 피해서 걷고 싶은 사람들이 즐겨 찾는 그곳에는 50미터 간격으로 두 개의 벤치가 마주 놓여 있다. 나는 그곳 벤치에 앉는 일이 거의 없다. 몽도르 거리에 있는 우리 집은 학교에서 고작 5분 거리에 있기 때문이다. 무티가 그곳에 아파트를 산 것도 그 때문이었다.

광장으로 접어들자 가로수 길 벤치에 앉아 있는 한 남학생이 눈에 들어왔다. 우리 학교 남학생이었다. 이름은 잘 생각나지 않았지만, 지난주 음악 시간에 우리 반에 와서 슈베르트에 대해 짧게 발표한 것은 또렷이 기억났다.

지금 돌이켜 보면, 그날 남학생이 앉아 있던 벤치까지 가는 그 몇 초 동안 얼마나 많은 생각을 했는지 모른다.

슈베르트에 대한 발표는 그다지 인상적이지 않았다. 그런데 그 발표가 오늘은 분명 새로운 의미로 다가왔다. 그때 브리카르 음악 선생님이 뭐라고 했더라? 그래, 맞아. 그 남학생이 고등학교 1학년이라고 했어. 고등학교 1학년은 음악이 선택 과목이다. 그러니까 그 남학생은 선택 과목으로 음악을 택한 것이다. 발표의 주제를 슈베르트로 한 것도 스스로 정했을 것이다. 브리카르 선생님은 보통 주제를 정해 주지 않는다.

그때까지도 나는 그 남학생에게 다가갈 생각이 없었다. 내가 다른 반 학생에게 불쑥 말을 건다고? 상급생에게? 그것도 남학생에게? 아니지, 그건 생각조차 할 수 없는 일이었다. 더구나 그 애는 나를 쳐다보지도 않고 뭔가를 쓰고 있었다.

그 애가 앉아 있는 곳을 막 지나가려는 바로 그 순간, 그 애가 고개를 들고 나를 쳐다보았다. 흠칫 놀랐다가 금세 웃음 짓는 것으로 보아 그 애도 나를 알아본 것이 분명했다. 그 애의 얼굴이 약간 빨개진 것 같기도 했다.

그 남학생은 전혀 내 이상형이 아니었다. 평범한 생김새에 지나치게 짧게 깎은 갈색 머리, 앞 단추를 푼 하얀 셔츠에 작아 보이는 체크무늬 모직 재킷과 주름이 가지런히 잡힌 밝은 색 바지, 한마디로 고리타분한 옷차림이었다. 독 안에 든 초라한 생쥐 같다고나 할까.

그 애가 나를 바라보고 있어서 나는 되도록 무심한 말투로 한마디 던졌다.

"안녕."

"안녕!"

그 애는 놀라울 정도로 진지하게 인사를 했다.

바로 그 순간 모든 것이 결정되었다.

그냥 지나칠 수도 있었는데(그 남학생이 아니고 다른 사람이었다면 분명히 그렇게 했을 것이다) 나는 발걸음을 늦추었고, 이내 멈춰 선 다음 그 애에게 말을 건넸다.

"지난번에 했던 슈베르트 발표 말이야, 좋던데."

그러자 그 애는 얼굴이 빨개져서 말을 더듬었다.

"아니, 와, 완전히 망쳤어! 피아노 없이 하는 발표는 무의미해. 그전 발표는 음악실에서 피아노를 치면서 했는데……."

그 애는 자기도 모르는 사이에 뜻밖에도 내게 대화를 이어갈 기회를 마련해 주었다.

"그래? 피아노 칠 줄 알아?"

"응…… 조금."

"그럼 슈베르트의 〈방랑자 환상곡〉 알아?"

갑자기 그 애의 눈이 반짝거렸다. 그것은 대회 상대가 자신과 같은 언어를 쓰고 있다는 사실을 문득 알아차렸을 때 보이는 그런 반응이었다.

"물론이지! 아, 슈베르트……."

그 애는 무릎 위에 펼쳐 놓았던 파일 노트를 덮었다. 겉장에 쓰여 있는 '피에르 데로'라는 이름이 언뜻 눈에 띄었다. 그래, 맞아! 이제야 기억났다!

그 애는 벤치에 놓아 두었던 가방을 자기 쪽으로 당겼다. 별 뜻 없는 그 동작을 나는 옆에 와서 앉으라는 권유로 받아들였다. 속으로는 '잔, 설마 네가 가서 앉을 수 있겠어.' 하고 생각하면서.

그러나 나는 그 애 옆으로 가서 앉았다. 우리 학교 애들이 이 모습을 본다면 신이 나서 온 학교에 떠들고 다닐 것이다. '소문 같은 거 상관없어!' 하고 스스로를 다독거렸지만 신경은 쓰였다.

"저번 토요일에 플레옐 극장에서 열린 피아노 독주회에 갔다 왔어."

"그래?"

"응, 리코리니의 독주회 말이야."

"나도 아는 피아노의 거장인데……."

"하지만 그 사람은 병이 났대. 그래서 제자가 대신 연주를 했어. 그런데 아무도 아쉬워하지 않았어. 훌륭한 연주였거든."

"정말?"

그 애는 이 말을 끝으로 입을 다물었다. 다시 벙어리가 된 것 같았다. 아니, 내가 계속 대화를 이끌어 가야 하는 거야? 음악회 얘기를 자세히 해 줄 만한 실력도 아닌데.

"그 피아니스트, 굉장히 훌륭했어. 아주 젊었는데 이상하게 긴 머리를 하고 있어서 어떻게 생겼는지는 볼 수 없었어! 이름도 알아 두지 못했고. 그날 그 사람이 연주한 곡들 가운데 〈방랑자 환상곡〉을 빼고는 다른 곡들은 제목도 몰라. 그 곡들을 시디로 사고 싶었는데."

“그건 어렵지 않을 거야. 연주회는 다음 주 토요일 프랑스뮈지크에서 방송될 테니까 그때 들으면 되지 뭐.”

나는 그 말을 듣고 놀랐다.

“그래? 어떻게 알아?”

“『텔레라마』 이번 호에서 음악회 프로그램을 봤거든.”

『텔레라마』라면 나도 일주일 텔레비전 프로를 보기 위해서 (사실은 밤에 무슨 영화를 하나 알아보는 게 목적이지만) 훑어본다. 그러나 음악회 프로그램을 알아보기 위해 그 책자를 본다는 것은 나로서는 상상도 못할 일이었다. 그러니까 나는 진짜 음악 애호가와 이야기를 나누고 있는 셈이었다. 그 애는 약간 비꼬는 투로 덧붙였다.

“모든 사람이 플레옐 극장에서 열리는 독주회에 갈 만큼 부자는 아니니까!”

“아, 그건 우연히⋯⋯.”

냉랭하던 분위기가 누그러졌다. 나는 그 애에게 음악회에 가게 된 경위를 설명해 주었다. 음악회에 다녀온 다음 날 슈베르트의 소나타를 사러 음반 가게로 달려간 이야기도 해 주었다. 사 가지고 온 음반을 듣고 실망했다는 이야기를 듣고 그 애는 놀라지 않았다.

“그렇다고 네가 음악회에서 들었던 피아니스트의 연주가 브렌델의 연주보다 훌륭한 건 아니야. 작품은 처음 들었을 때의 인상이 아주 강렬한 법이거든. 첫 감상이 비록 형편없는 것이었어도 사람들은 항상 그 첫인상을 되찾고 싶어 하지. 그래서 첫 감상 때 훌륭한 연주를 듣는 것이 중요해."

우리 집에는 고작 남동생의 고물 시디플레이어가 있을 뿐이라고 털어놓았다. 가지고 있는 클래식 음반이라고는 지난 일요일에 산 슈베르트 시디가 전부라는 사실도 밝혔다.

"원하면 시디를 빌려 줄 수 있어. 그런데 나한테는 엘피판도 많아. 어쨌든 오디오는 좋은 걸로 사야 할 거야."

우리는 꽤 오랫동안 이야기를 나누었다. 30분쯤 지났을까. 내가 가려고 일어서자 그 애가 말했다.

"나는 봄가을에는 이 벤치에 자주 와. 음반을 빌리고 싶으면 여기서 만날 수도 있는데⋯⋯."

나는 선뜻 그러자고 했다. 그러지 않으면 시간표가 달라서 학교에서 만나기는 어려울 것이다.

나는 뒤돌아보지 않고 그곳을 떠났다.

피에르는 내게 묘한 인상을 주었다. 나는 남학생과 어울려 다니는 편이 아니다. 왠지 모르게 그 애도 여학생을 많이 사귀지는 않을 거라는 느낌이 들었다. 피에르는 음악에 대해 잘 알았고, 내게는 그것이면 충분했다.

피아노를 두고 벌인 말다툼

혹시 피에르가 나와 있나 싶어 일주일 내내 벤치를 살펴보았다. 그러나 만나지 못했다. 시간이 엇갈렸나 보다.

피에르의 말이 맞았디. 내가 갔던 음악회의 방송 수식이 정말로 『텔레라마』에 나와 있었다. 토요일 저녁에 할머니가 텔레비전 영화를 보러 왔다. 나는 그 시간을 이용해 거실에 있는 커다란 라디오를 들고 방으로 들어가 꼼짝도 하지 않았다. 혹시 음악회가 방송되지 않을까 봐 조바심이 났다. 실제 독주회 시간이 프로그램에 예고된 것보다 훨씬 길었고, 더구나 연주를 맡은 피아니스트도 리코리니가 아니었기 때문이다.

우연히 산 카세트테이프 두 개 가운데 하나를 막 틀려는데 아나운서의 목소리가 흘러나왔다.

"지난 10월 1일 토요일, 플레옐 극장에서 있었던 음악회를 중계방송 해 드리겠습니다. 아마도 리코리니의 병환으로 그날 연주를 대신 맡은 피아니스트의 이름은……."

와, 성공! 드디어 알고 싶었던 사실들을 알아냈다. 얼굴 없는 피아니스트의 이름은 폴 니에만, 그날 들었던 작품의 곡명은 모리스 라벨의 〈밤의 가스파르〉와 〈거울〉, 리스트의 〈장송 행진곡〉이었고 앙코르 곡은 슈베르트의 〈B플랫 장조 소나타〉였다!

'나의 음악회'라고 부르고 싶은 그 음악회에 귀를 기울였다. 청중의 환호성 가운데서 내 목소리를 알아들을 수 있을 만큼 나는 음악회에 몰입했다. 그러나 두 시간 반 뒤, 또다시 실망하고 말았다. 내가 좋아하는 슈베르트의 연주는 다시 들었지만 연주회장의 열기와 신비에 싸인 피아니스트의 존재는 느낄 수 없었기 때문이다.

다음 날 아침, 밥을 먹으려고 일찍 주방에 갔다가 무티와 마주쳤다.

우리 집에서 일요일 아침은 언제나 특별한 시간이다. 마음속에 품고 있던 얘기나 계획 또는 결정해야 할 중요한 일을 집중적으로 이야기할 수 있는 시간이기 때문이다. 무티와 나는 두 시간 정도 이야기를 나누고 때로는 말다툼을 벌이기도 한다. 하지만 그건 필요한 일이다. 홀가분하게 숨을 쉬려면 일주일에 한 번은 속생각을 죄다 털어놓아야 한다. 그런데 한두 달 전부터 내가 일어나는 시간이 점점 늦어지는 바람에 그것이 쉽지 않았다.

그날 아침, 나는 작정하고 일찍 일어났다. 한바탕 전쟁을 벌일 참이었다. 드디어 나는 포문을 열었다.

"엄마, 내 생활에 변화가 생겼어요."

무티는 식탁을 치우고 있었는데 돌아보지도 않고 농담조로 물었다.

"남자애 이름이 뭐지?"

나는 절로 웃음이 나왔다.

"틀렸어요, 엄마. 남자친구가 아니라 음악이에요."

"Sicher(정말)? 그 피아니스트에게 홀려도 단단히 홀린 모양이구나!"

"농담하는 거 아니에요. 내가 바라는 건 ⋯⋯ 내가 바라는 건 음악을 듣는 거예요. 지금 거실에 있는 큰 라디오보다 음질이 나은 것으로 음악을 들었으면 좋겠어요."

"옳아, 크리스마스 선물로 받고 싶다는 거로구나. 그걸 미리 귀띔하겠다는 거지?"

"그렇게 간단한 문제가 아니에요. 내가 원하는 건⋯⋯."

나는 내친김에 말을 꺼냈다.

"피아노를 사면 안 될까요?"

무티는 내 앞으로 와서 앉았다. 무티의 하얗게 질린 얼굴이 한눈에 들어왔다.

"피아노라고? Mein Gott(맙소사)! 피아노를 대체 어디다 놓을 건데?"

우리 아파트가 넓지 않은 건 사실이다. 플로랑과 나는 방을 따로 쓰는데, 무티가 굳이 그것을 고집했기 때문이다. 무티는 거실 절반을 자그마한 작업실로 꾸며 거기에서 자기도 하고 일도 한다.

"잘 모르겠어요. 내 방에 들여놓을 수도 있고, 아니면 현관의 서랍장 자리가……."

무티는 한숨을 내쉬었다. 조짐이 좋지 않았다.

"그런데 잔, 왜 갑자기 피아노지? 이제 와서 피아노를 배울 것도 아니면서?"

"왜 못 배운다는 거죠?"

"지금 나더러 그 이유를 대라는 거니? 이유야 많지. 잔, 진심으로 악기를 배우고 싶어도 열여섯 살은 너무 늦은 나이야. 더구나 악기는 아주아주 많은 시간을 쏟아부어야 하는데 중학교 3학년한테는 다른 할 일이 많아. 내년에는 더할 거야. 잘 들어 봐, 너는 곧 싫증을 낼 거고 피아노는 거추장스럽고 사치스러운 장난감이 될 거야. 6개월이 지나면 처분해야 할 거다. 잔, 네 나이에 동생처럼 어린애 짓은 하지 않겠지?"

플로랑은 재작년부터 변덕을 부린다. 한번은 정보처리기사가 되고 싶으니까 컴퓨터를 사 달라고 난리를 부리더니 사흘 뒤에는 친구한테 자전거를 빌려 탄 뒤 사이클 선수가 되고 싶다고 했다. 요즘은 전자공학에 관심을 보인다.

"더군다나 피아노는 비싸잖아."

무티가 말을 마쳤다.

우리 집에서는 돈 얘기가 나오면 꼼짝 못한다. 무티는 돈 얘기를 최후의 수단으로 사용한다. 무티가 받는 교사 월급으로 우리 네 사람이 살아야 한다는 사실은 나도 알고 있다(오마 할머니의 연금으로는 지금 사시는 작은 원룸 아파트의 월세를 내기도 빠듯하다). 그러나 나는 막무가내로 고집을 부렸다.

"값싼 보급용 피아노도 안 되나요? 중고 피아노는요? 언젠가 엄마가 내게 했던 말을 생각해 보세요. '어떤 것도 정말로 비싼 것은 없다. 인생에서는 어떤 것을 선택하고 어떤 것을 희생하느냐가 중요할 뿐이다.'라고 하셨잖아요. 그런데 내가 피아노를 선택하면……."

"바로 그거야, 잔. 하이파이 오디오하고 피아노 둘 다 한꺼번에 선택하겠다는 건 너무하잖니. Zuviel, Wirklich zuviel(너무하는구나, 정말 너무해)."

내가 잘못했다는 건 나도 안다. 무티의 마음을 아프게 한 것도 안다. 그런데 실망한 나머지 무의식적인 반응을 보이고 말았다. 비스킷에 버터를 바르며 대수롭지 않게 중얼거린 것이다.

"전에는 집에 그랜드피아노가 있었는데……."

무티의 얼굴 표정이 굳어졌다. 시선이 멍해지면서 과거를 떠올리는 듯했지만 곧 정신을 차리고 어깨를 으쓱해 보였다.

"넌 기억도 못하면서. 네가 네 살도 안 됐을 때야."

"난 똑똑히 기억하는걸요!"

"그럴 리 없어. 너는 내가 들려준 추억을 들춰내는 거야."

"무슨 추억이요? 엄마는 추억 같은 거 없는 사람이잖아요!"

"아니, 있어!"

나는 가느다랗게 떨리는 저 목소리와 갑자기 젖어드는 그 눈망울을 잘 알기에 달려가 무티를 감싸 안았다.

"엄마, 미안해요. 내가 잘못했어요. 그러지 말았어야 하는 건데……."

무티는 코를 풀고는 말을 이었다.

"잔, 달리 방법이 없었다. 너는 그 피아노를 어떻게 했으면 좋았겠니? 그 뒤…… 그러니까 프로방스에 있던 집에 불이 난 뒤로, 그래, 남은 것을 내가 모두 팔았다. 피아노, 녹음기, 오디오…… 네 아버지한텐 훌륭한 하이파이 오디오가 있었으니까. 네 말대로 너도 똑똑히 기억하겠지만! 나는 보험금을 타서 파리의 이 아파트를 샀지. 하지만 적어도 집값의 삼분의 이는 내가 낸 셈이야, 아직도 대출금을 갚고 있으니까……. 지금은 할머니가 살고 계시지만 전에는 우리가 살았던 원룸 아파트와 이 아파트가 같은 건물에 있어서 놓치고 싶지 않았지. 나는 도저히 남부에서는 계속 살 수 없었어. 플로랑과 너를 키워야 했거든. 그랜드피아노를 팔았다고 어떻게 네가 지금 나를 탓할 수 있니?"

"탓하는 게 아니라는 건 엄마도 잘 알잖아요. 그러니 제발 그런 얘긴 하지 마세요!"

"그래, 잔. 이 이야기는 나중에 다시 하자. 그래도 괜찮겠지?"

그날 당장 해결할 수 없는 문제를 자꾸 나중으로 미루는 것은 우리 가족의 관례다. 나는 무티의 생각을 잘 알고 있었다. 무티는 음악에 대한 나의 관심이 갑작스레 생겨난 것만큼이나 빨리 사라지기를 바랐을 것이다.

그러나 무티는 잘못 생각하고 있었다.

약속을 지킨 피에르

그다음 주 화요일에 학교를 나서며 나는 좀 초조하고 들뜬 기분이 들었다. 지난주처럼 이번에도 피에르가 벤치에 나와 있을지 궁금했다. 이 두 번째 만남은 조금 두려우면서도 몹시 기다려졌다.

피에르는 와 있었다.

내가 불쑥 앞에 나타났을 때 피에르는 지난번에 본 빨간색과 흰색 줄무늬 파일 노트에 무언가를 열심히 쓰고 있었다. 내가 옆에 가서 앉자 피에르는 깜짝 놀라더니 나쁜 짓을 하다 들킨 사람처럼 재빨리 노트를 덮었다.

"안녕. 놀랐어?"

"어, 안녕……."

피에르는 난처해하더니 더듬더듬 말했다.

"그런데 난…… 난 네 이름도 모르는데."

"잔, 잔 레플렉스야."

무엇 때문에 멍청하게 성까지 말했을까? 학교에서 하던 습관 때문일 거다.

"그럼 독일어를 가르치는 레플렉스 선생님과 친척이야?"

이미 늦어 버렸다.

"응, 내가 딸이야. 그러니까…… 정확히 말하면 레플렉스 선생님은 내 아버지의 두 번째 부인이지. 친엄마는 내가 태어나자마자 돌아가셨어. 하지만 나한테 레플렉스 선생님은 친엄마나 다름없어."

피에르는 내 말을 모두 이해하겠다는 듯이 천천히 고개를 끄덕였다. 내가 왜 그런 이야기까지 털어놓았을까? 샤프탈 중학교에 나닌 지 3년째 되지만 아무에게도 털이놓은 적이 없던 사실을.

피에르는 다정하게 웃었다.

"네 엄마는 작년부터 우리 반을 가르치고 계셔. 작년에 독일에 갈 때도 우리를 인솔하셨지. 아주 친절하시고……."

"피에르, 말을 끊어서 미안한데 우리 엄마 이야기는 내가 좋아하는 주제가 아니야. 작년에 엄마 반일 때는 독일어 시간마다 지옥이었어. 내가 레플렉스 선생님의 딸이라는 사실은 잊어버려, 알았지? 지난 토요일에 음악회 중계방송은 들었어?"

“응.”

“어땠어?”

“나쁘진 않았어.”

“좋았다는 말이구나! 아, 네가 연주회에 갔더라면…….”

피에르는 가방을 뒤지더니 열 장쯤 되는 시디를 꺼냈다.

“네 생각을 했는데 유감스럽게도 나한테는 시디가 별로 없어. 다른 곡들을 들려주고 싶었는데 그 곡들은 엘피판이거든. 이 시디 가운데에는 피아노 곡은 드물고 교향곡이 많아.”

피에르가 준 시디는 베토벤의 교향곡 3개와 소나타 2개, 베를리오즈의 〈환상 교향곡〉, 바흐의 〈요한 수난곡〉과 〈브란덴부르크 협주곡〉, 슈베르트의 〈미완성 교향곡〉 그리고…….

“〈방랑자 환상곡〉! 이 시디는 안 줘도 돼. 지난주에 샀거든. 어떤 곡부터 들어야 할까?”

“〈전원 교향곡〉이 좋을 거야. 그다음에는 슈베르트의 〈미완성 교향곡〉도 괜찮고. 잘 모르겠어, 미묘한 문제라서. 이 음악들 전부 한 번도 안 들어 봤어?”

“응, 이제 시작인데 뭐.”

피에르의 눈에는 정말이지 내가 한심해 보였을 것이다. 하지만 어차피 엎질러진 물인데 끝까지 가 보리라 작정했다.

“피아노를 배우고 싶은데……. 피에르, 좋은 생각인지 어떤지 네 의견을 듣고 싶어.”

피에르는 흠칫 놀라는 듯하다가 사람 좋게 웃었다.

"음악에 관심이 있다는 건 좋은 거야, 이유야 어떻든."

"우리 엄마 말로는 피아노를 시작하기에는 내 나이가 너무 많대. 너도 그렇게 생각해?"

"악기를 다루는 것은 운동이나 마찬가지야. 경기를 잘하려면 아주 일찍 운동을 시작해야 하고 끊임없이 연습해야 해. 네가 지금 수영에서 올림픽 메달리스트가 되려 한다고 상상해 봐. 그런데 문제는 지금 너는 수영을 할 줄 모른다는 거야. 아무리 소질을 타고났다 해도 어느 정도 실력을 갖추려면 십 년은 걸릴 거야. 게다가 아주 어려서 시작한 사람들보다는 늘 뒤질 테고."

피에르는 잠시 나를 바라보다가 이내 눈길을 떨어뜨렸다. 내게 마음이 약간 끌렸던 것 같다. 피에르는 내 마음을 상하게 했을까 봐 걱정스러운 듯 말을 이었다.

"그렇긴 해도 취미 삼아 배우는 거야 문제 될 것 없지. 꼭 시합을 하지 않더라도 그저 즐기기 위해 운동을 하거나 악기를 연주할 수도 있잖아."

"피아노 친 지는 오래됐어?"

"응, 여러 해 전부터 쳤어."

"그럼 매일 연습해?"

"물론이지! 하지만 어떻게 설명해야 하나? 그러니까 향상되는 것, 즉 목표를 정하고 끊임없이 분발하는 것…… 난 그걸 좋아해."

"좀 더 빨리 배울 수 있는 다른 악기는 없을까?"

나는 피아노보다 값이 싼 악기를 염두에 두었고, 특히 자리를 덜 차지하는 악기를 원했다.

피에르는 말없이 골똘히 생각하며 내게서 눈길을 떼지 않았다. 나는 약간 거북해서 고개를 돌리면서도 끈질기게 물었다.

"잘은 모르겠지만…… 바이올린은 어떨까? 아니면 플루트는?"

피에르는 웃었다. 내 질문이 너무 순진하다고 생각하는 것 같았다.

"바이올린은 확실히 안 돼. 기초부터 차근차근 배워야 하거든."

나는 얼굴을 찌푸렸다. 기초라는 말에 높은음자리표, 초견*, 박자 운운하며 우리를 짜증나게 하는 브리카르 선생님의 얼굴이 떠올랐다.

"한 가지 있기는 해."

피에르가 불쑥 말했다.

"사람들이 지금까지 생각해 내지 못한 악기야. 공짜인 데다 늘 지니고 다니기 때문에 마음대로 쓸 수도 있어. 또 음이 독창적이라서 연주를 하면 수천 가지 음 가운데서도 식별할 수 있지."

---

*연습 과정을 거치지 않은 상태에서 악보를 처음 보고 연주하는 것.

"어떤 악기인데?"

나는 피에르의 입술에서 눈을 떼지 않았다. 과연 그런 악기가 있을까? 그런데 여태껏 아무도 몰랐다고?

"목소리."

나는 맥이 탁 풀렸다.

"농담은……."

"결코 농담이 아니야. 음만 들을 줄 알면 노래는 누구나 배울 수 있어. 특별한 소질이나 훌륭한 음색을 타고나지 않아도 곧 합창단에 들어갈 수 있어."

피에르는 나를 설득하지 않았다. 왠지 그때 나는 나를 지탱해 줄 버팀목이 절실하게 필요했던 것 같다. 그렇다. 내게는 불거나 치거나 줄을 긁어 댈 수 있는 악기, 음악과 나를 이어 줄 무언가가 필요했던 것이다. 내 목소리가 악기일 수 있다는 건…… 너부 손쉬우면서도 복잡한 것 같있다! 사실은 좀 노골적이라고 할까. 악기란 나를 가리기 위해서 입는 옷과 같은 것이었으니까.

우리는 30분 가까이 이야기를 더 나누고 나서 다음 주에 만나기로 했다. 그때 시디를 돌려줄 것이다.

새로운 사실, 배신 그리고 해명

『텔레라마』를 뒤적이다 한 페이지를 가득 메운 대문짝만 한 사진을 보고 깜짝 놀랐다. 독주회에서 보았던 피아니스트의 연주 장면을 찍은 사진이었다. 거의 정면에서 찍은 사진인데도 건반을 마주한 피아니스트의 얼굴은 이상한 갈색 머리에 가려 보이지 않았다. 나는 서둘러 기사를 읽었다. 기사는 "스타 탄생!"이라는 단정적인 제목을 달고 있었다.

음악 평론가는 찬사를 아끼지 않았다. 나는 흥분과 동시에 자부심을 느꼈다. 그 이유는 우선 피아니스트의 자질에 대한 내 판단이 틀리지 않았기 때문이다. 그리고 재능이 뛰어난 피아니스트가 탄생하는 그 자리에 내가 기막힌 우연에 의해 참석할 수 있었기 때문이다. 폴 니에만은 21세기를 빛낼 피아니스트가 될 것이다(평론가는 그렇게 단정했다). 훗날 나는 "그의 데뷔 독주회에 가 보았어!" 하고 자랑할 수 있을 것이다.

나는 『텔레라마』를 샅샅이 뒤져 새로 나온 음반에 대한 비평과 그 주의 프로그램 등을 읽었다. 프랑스뮈지크와 라디오클라시크* 프로그램을 자세히 본 다음 거실 오디오를 아예 내 방에 옮겨 놓았다.

나는 피에르가 빌려 준 시디를 듣고 또 들었다.

〈전원 교향곡〉은 새로운 발견이었다. 작곡가가 붙인 표제들이 작품 감상에 도움이 된다는 사실도 비로소 깨달았다. 시골 정경과 농부들의 춤……. 이어서 갑자기 먹구름이 몰려오는 하늘, 천둥, 마침내 쏟아지는 소나기 그리고 비가 갠 뒤 다시 태어나는 자연 등을 상상하면서 몇 번이고 반복해서 들었다.

베를리오즈의 〈환상 교향곡〉은 약간 어려웠다. 익숙해진 슈베르트나 베토벤의 음색과는 전혀 달라서 잠시 어리둥절했다.

화요일이 되어 피에르를 만났을 때, 피에르는 내가 어려워하는 이유를 설명해 주려고 애썼다.

"눈이나 혀처럼 귀도 훈련되는 거야. 청각도 다른 감각과 마찬가지로 먼저 익숙한 것을 알아듣게 되어 있어. 그래서 우리 귀는 조성 음악**에 익숙한 거야."

*Radio Classique. 프랑스의 음악 전문 라디오 방송국.
**한 개의 으뜸음과 이에 종속되는 여러 음의 관계에 기초를 둔 음악.

"피에르, 나한테는 너무 어려워!"

"그래. 대개 음악은 장조의 도음처럼 특정 음으로 이루어진 주제로 구성되는 거야. 그 주제가 한 번 제시되었다가 반복되지. 그렇게 해서 우리는 주제에 익숙해지는 거야."

"그런데 그렇게 분석하는 게 무슨 소용이 있어? 음악이 마음에 들면 되는 거 아니야?"

"맞는 말이야. 하지만 음악이 사람들 마음에 들려면 귀에 익숙해지도록 만들어져야 해. 그렇지 않으면 음악은 방향을 잃게 돼. 베를리오즈의 작품은 전통적인 음악과 달랐기 때문에 당시엔 큰 물의를 빚었지. 그래서 네가 베를리오즈의 음악을 감상하기 힘들었던 거야. 지금은 어때?"

"익숙해지고 있어. 그런데 네가 빌려 준 바흐의 시디는 말이야……."

"그래, 바흐는?"

"도저히 이해가 안 돼!"

"아직 일러서 그래. 내가 잘못 고른 거지."

어차피 피할 수 없는 일이기는 했다. 피에르와 내가 만나는 것을 누군가가 목격한 것이다. 누가 엿보고 퍼뜨린 것일까?

11월의 어느 일요일, 무티는 플로랑이 늦잠 자는 틈을 놓치지 않았다. 주방에서 함께 아침을 먹는데 대화 중에 우연인 것처럼 무티가 불쑥 말을 꺼냈다.

"그런데 넌 그 남학생 이야기는 한 번도 안 하는구나……."

"남학생이라니요?"

쉽게 털어놓을 내가 아니었다. 공격이 최선의 방어 수단이 므로 나는 미리 공격할 태세를 갖추었다.

"잘 알 텐데. 화요일 방과 후에 지하철역 주변 광장에서 가 끔 만나는 남학생 말이야……."

"브라보! 정보가 빠르시군요. 제보자한테 축하한다고 전해 주세요. 그런데 누구죠?"

무티는 예상치 못한 내 반응에 조금 놀란 듯했다.

"잔, 그게 뭐 그리 대단한 일은 아니잖니! 넌 당연히 그럴 수 있고……."

"잘난 우리 반 애인가요? 누군데요?"

"Sei doch nicht so dumm(바보짓 좀 그만둬)! 그리고 너, 말 을 돌리는 것 같은데, 그 남자애는……."

나는 무티가 물어 올 경우를 예상하고 준비해 둔 말을 사무 적인 목소리로 단숨에 쏟아 냈다.

"그러니까 그 애 이름은 피에르 데로이고, 고등학교 1학년 이에요. 그 애는 음악에 관심이 있고 내게 음반을 빌려 줘요. 그래요, 화요일에 빌려 줘요. 우리가 나눈 이야기 내용도 자세 히 알고 싶으시다면……."

"아, 잔! Jetzt aber genug(됐어, 그만해)! 너를 감시하려던 건 아니었어."

"유감스럽게도 더는 할 말이 없어요. 이제 엄마 차례인데, 말해 주실 수 있겠죠?"

나는 무티의 눈길을 놓아주지 않았다. 무티가 털어놓을 때까지 싸울 작정이었다.

"그 귀중한 정보를 준 사람 이름 말이에요!"

무티가 내 요구를 묵살한다면 지금 이 시각부터 긴장의 연속이 될 것이다. 무티는 몹시 난처해하며 머리를 설레설레 흔들었다.

"잔, 완전히 잘못 짚었어. 동료 교사가 말해 주었을 뿐이야. 고자질이 아니라고! 네가 벤치에 앉아 있는 것을 여러 차례 봤다고 며칠 전에 교무실에서 말하더라. 그리고 너하고 같이 다니는 남학생이 누구냐고 별 뜻 없이 묻던데?"

나는 악을 쓰지 않으려고 애썼다.

"엄마, 나는 피에르 데로와 함께 돌아다니는 게 아니에요!"

나는 방으로 가서 지난 화요일에 피에르가 빌려 준 음반 몇 장을 찾아 무티에게 들이댔다. 무티는 거들떠보지도 않았고 더 이상 내 말을 들으려고도 하지 않았다. 그러더니 나를 품에 안고 더듬더듬 자신의 입장을 해명했다.

"잔, 기분 나빠할 것 없다. 나쁜 호기심에서 그런 게 아니야. 그 남자애가 누구인지 나는 전혀 몰랐거든. 너도 생각해 보렴……."

"엄마가 지나친 상상을 한 거예요."

휴전이 이루어졌다. 그러나 평화를 위해서라도 나는 마지막까지 자세히 알아야 했다.

"동료 교사 누구인데요?"

"미셸 오리우 씨, 너희 반 국어 선생님. 너도 알겠지만 그 선생님은 악의로 그런 게 아니야."

플로랑이 주방으로 들어오는 바람에 대화는 끊겼다. 아침 일은 그것으로 일단락된 것 같았다.

오후에 그 일을 거의 잊고 있었는데 무티가 내 방으로 왔다. 나는 플로랑이 빌려 준 시디플레이어로 슈만의 〈교향곡 4번〉을 들으며 플로베르의 『순박한 마음』에 대한 독후감을 쓰느라 무티가 들어오는 것을 알아채지 못했다.

무티는 내가 끼고 있던 헤드폰 한쪽을 벗기고는 내 귀에 대고 말했나.

"피에르 데로는 2년 전부터 내가 가르치는 학생이야. 매력적인 남학생이지. 게다가 흠잡을 데도 없고, 녹일어 성적도 아주 뛰어나단다……."

아버지의 음반

크리스마스를 보름 앞두고 올해 들어 두 번째로 뜻밖의 사실을 알게 되었다. 이번에도 일요일, 아침 식사를 하던 중이었다. 무티와 나는 크리스마스 파티와 쇼핑 계획 그리고 음식 장만 등에 대해 이야기하고 있었다.

"잔, 네가 갖고 싶어 하는 하이파이 오디오 말인데, 정말로 엘피판 플레이어를 또 사자는 거니?"

크리스마스가 되면 나는 내 오디오를 갖게 된다. 무티와 플로랑 그리고 오마 할머니가 돈을 모아 사 주기로 했다. 무티는 몇 년 전부터 더 이상 뜻밖의 선물은 하지 않고, 내가 원하는 것을 아주 구체적으로 묻는 편이다. 무티가 3년 전에 내게 정장 한 벌을 선물한 적이 있는데 내가 그 옷을 한 번도 입지 않자 그때부터 내 의견을 물어보기로 마음먹은 것이다.

"네, 피에르가 엘피판을 많이 갖고 있어서 빌려 줄 거예요."

"엘피판은 이제 더 이상 나오지 않아. 판을 구하지 못하게 될 가능성도 있어."

"그거야 할 수 없지요. 판은 중고를 사면 돼요."

"어쩌면 그럴 필요까지는 없을 것 같은데……."

무티는 빵에 버터를 바르다 말고는 얼굴이 창백해졌다. 나는 중요한 무언가가 방금 무티의 뇌리를 스쳤음을 알아차렸다.

"엄마…… Was ist los(무슨 일이에요)?"

"잔, 우리 집에도 엘피판이 있어. 네 아버지 것이지."

"뭐라고요? 아니, 어디에요?"

"지하실에. 커다란 철제 가방으로 한 개, 아니 두 개가 있을 거야."

"그걸 왜 이제야 말하는 거에요?"

"잔…… 정말 잊어버리고 있었어!"

나도 무티가 과거를 지워 버리고 싶어 하는 것을 안다. 무티는 한 번도 지난날의 이야기를 하지 않았다. 나는 물어보기가 망설여졌다. 지난 일들에 대해 물어볼 때면 늘 보이지 않는 벽에 부딪히거나 눈물밖에 돌아오는 게 없었기 때문이다.

"모두 타 버린 게 아니었어요?"

"녹음실은 불타지 않았어. 음반은 거기 있었거든. 피아노와 녹음기 그리고 장비들도."

“하지만 모두 처분한 것 아니었어요?”

“음반도 경매에 부쳤는데 사람들이 말도 안 되는 헐값을 불렀지. 그리고 너도 알겠지만 그 사람 음반이잖니?”

“아, 그럼 혹시 사진도 같이 있을지 모르겠네요?”

“아니. 잔, 헛된 기대는 품지 마. 우편물이나 서류, 앨범 같은 것들은 모두 집에 있었거든.”

나는 흥분한 나머지 몸이 떨렸다. 미칠 듯이 기쁘면서도 슬그머니 화가 치밀었다.

“그런데 그걸 지금까지 지하실에 버려뒀어요? 지하실에요? 죄다 곰팡이가 피었거나 쥐들이 쏠아 버렸을 거예요! 열쇠, 열쇠 어디 있어요?”

“잔, 우선 옷부터 입어라!”

우리는 1년에 세 번 정도 지하실에 내려간다. 보통 더는 쓰지 않는 물건을 넣어 두기 위해서다. 지하실은 물건들로 꽉 차서 발 디딜 틈도 없었다. 지하실 문을 열자 엄청난 일이 나를 기다리고 있었다.

우선 어둠침침한 통로에 물건들을 차곡차곡 꺼내 놓았다. 내가 어릴 때 쓰던 아기 침대에 이어 유행이 지난 옷으로 꽉 찬 서랍장, 그리고 플로랑과 내가 간직하고 싶어 한 낡은 장난감 더미를 끄집어냈다.

드디어 구석에 놓여 있는 문제의 여행 가방 두 개를 발견했다. 위에 있는 가방은 엄청나게 커서 내 힘으로는 도저히 들어 올릴 수가 없었다. 백 킬로그램은 넘음 직했다. 잠금 고리를 풀고 가방을 열었다. 안에는 가지런히 정돈된 음반이 백여 장 정도 있었다!

뛰는 가슴을 안고 첫 장을 집어 들었다. 셀로판지에 싸인 채 한 번도 뜯지 않은 음반이었다. 음반 재킷의 뒷면을 보고 그 이유를 알았다. 아버지가 돌아가신 해에 녹음된 음반이었다. 음반 회사에서 이 음반을 보냈을 테지만, 아버지는 들어 볼 기회조차 없이 돌아가셨던 것이다.

음반에 실린 곡마다 녹음 날짜가 적혀 있었다. 예를 들면 바흐의 〈칸타타 작품 번호 51번〉 네 악장 끝에 "1987년 12월 17~20일, 1988년 8월 6~7일 녹음"이라고 쓰여 있었다. 알비노니의 〈트럼펫을 위한 협주곡〉 세 악장 끝에도 "1989년 10월 29일 녹음"이라고 쓰여 있었나.

하지만 내가 가장 감동한 것은 다음의 작은 글씨를 발견했을 때였다.

녹음 : 런던 애비 로드 스튜디오

음악 감독 : 존 프레이저

녹음기사 : 오스카 레플렉스

드디어 아버지가 녹음한 음반을 찾았다. 인쇄된 아버지의 이름도 보았다. 아버지가 한때 이 세상에 살아 있던 사람이라는 확실한 증거를 찾게 된 것이다. 흥분해서 되는대로 두 번째 음반을 끄집어냈다. 첫 음반처럼 고전 음악인데, 앙드레 베르나르 브라스밴드가 연주한 바흐 시대의 종교 칸타타였다. 음반 재킷 뒷면에는 첫 음반과 마찬가지로 다음과 같이 쓰여 있었다.

녹음 : 파리 성 요한 교회, 1986년 11월

음악 감독 : 이반 파스토르

녹음기사 : 오스카 레플렉스

나는 낡은 물건들이 들어찬 어두운 지하실에 홀로 앉아 행복한 순간을 맛보았다. 내 생애 처음으로 아버지의 존재에 대한 구체적인 증거, 아버지가 만지고 쓰던 물건들, 게다가 아버지가 녹음한 음반들까지 접했다! 갑자기 백여 장이나 되는 클래식 음반을 갖게 된 것이다.

나는 중얼거렸다.

"아빠, 굉장한 선물이에요. 고마워요."

음반을 한 아름 안고 다시 아파트로 올라왔다. 설거지를 하던 무티가 어색한 듯 애써 다정한 눈길을 보냈다.

"잔, 서운하게 생각하지 마라. 십 년 전에 너를 데리고 이곳으로 왔을 때 나는 가방을 열어 볼 용기가 나지 않았어. 이 음반들을 다시 봤다면 아마 견디기 힘들었을 거야. 그 후 내게는 음악 감상이 아니어도 다른 할 일이 많았어. 그리고 아파트는 이미 살림살이로 꽉 찬 상태였고……."

"알아요, 괜찮아요. 중요한 건 이 가방들이 있고 내가 그걸 찾아냈다는 사실이에요. 이것 말고 다른 건 없다는 게 확실해요?"

"그래, 확실해. 보관 상태는 어때?"

"한 장도 손상되지 않았으면 좋겠어요."

잠시 망설이다가 무티는 음반 더미에서 한 장을 집어 들었다. 빌라로부스*의 〈기타를 위한 작품 모음집〉이었다. 무티는 침울한 미소를 지었다.

"이 음반은 기억이 나는구나."

"아빠가 녹음하신 건가요?"

"아니. 오스카…… 너희 아빠는 음반을 낳이 기증빔았어. 엄청나게 사들이기도 했고. 지방이나 외국에서 돌아오면 녹음실로 가서 음악을 듣는 것이 그 사람의 낙이었지. 이따금 너도 함께 갔지. 이 음반들 가운데 몇 장은 네게도 들려주었을 텐데……. 기억 안 나니?"

이건 거의 질문이 아니었다. 무티 스스로 대답했으니까.

"물론 기억나지 않겠지, 넌 아주 어렸으니까."

*Villa-Lobos(1887~1959). 브라질의 작곡가이자 지휘자.

나는 가서 자고 있는 플로랑을 흔들어 깨웠다.

"일어나, 이 게으름뱅이야! 기운 센 남자가 좀 나서야겠다."

아버지와 관련된 것이라는 말에 플로랑은 벌떡 일어났다. 우리 두 사람의 힘으로는 위에 있는 큰 가방을 들 수 없어서 내용물을 꺼내야만 했다. 남동생과 나는 릴레이 하듯 5층까지 음반을 전부 옮겨다 놓았다. 무티는 눈살을 찌푸렸다.

"이걸 전부 네 방에 두려는 건 아니겠지?"

"둘 거예요. 하지만 안심하세요. 선물로 받을 오디오 자리는 조금 남겨 놓을 테니까요."

무티가 뭔가 대꾸를 하려는데 내가 말을 이었다.

"다행인 줄 아세요. 피아노에서 벗어났잖아요!"

"엘피판이 백 장 넘게 있다고? 그것도 지하실에? 아니, 어떻게 된 거야?"

피에르는 성가실 정도로 질문을 해 댔다. 나는 뜻밖의 발견에 한껏 신이 나서 피에르와 아무 상관 없는 과거 이야기를 들려주었다. 나는 피에르에게 아버지가 돌아가시고 나서 어떻게 그 많은 음반들이 지하실에 처박혔다가 잊혔는지를 설명해 주었다. 그때 비로소 나는 무티를 조금이나마 이해하게 되었다. 어떻게 그런 일이 벌어졌는지 이야기하다 보니 나도 혼란스러워졌던 것이다. 물론 피에르는 납득하지 못했다. 피에르는 음반을 발견한 의미를 헤아릴 수 없었을 것이다.

"음반 가운데 몇 장은 틀림없이 너도 흥미가 있을 거야!"

"그렇겠지. 하지만 너희 아빠의 음반이잖아. 그걸 나한테 빌려 주는 건 안 되지. 엘피는 약해서 빨리 닳는 데다가 흠집이 생길 수도 있어."

"너는 나한테 네 음반을 빌려 주고 싶어 하잖아."

"아, 그건 경우가 다르지. 그건 내 것이고……."

피에르는 잠시 말을 끊었다가 계속했다.

"크리스마스 때 어디 갈 거야?"

"아니, 집에 있을 거야. 선물로 받을 오디오를 눈이 빠지게 기다리는 중이야. 뜻밖에 음악이라는 든든한 양식이 생겨서 지루하지 않을 거야!"

"나도 파리에 있을 거야. 전부터 생각한 건데……."

피에르는 고개를 숙이며 중얼거렸다.

피에르는 끝내 자기가 무슨 생각을 했는지 말하지 않았다. 피에르는 말을 시작할 줄은 아는데 끝을 잘 맺지 못하는 편이다. 그 애가 내게 쪽지를 내밀었다.

"여기, 우리 집 전화번호야."

나도 피에르에게 우리 집 전화번호를 건넸다. 갑자기 피에르는 어색하고 수줍은 듯 어쩔 줄 몰라 했다. 피에르는 더 이상 할 말이 없는지 입을 다물고 있다가 불쑥 말했다.

"다음 주에는 못 올 거야."

"올 줄 알았는데……. 음반은 안 빌려 줄 거야?"

"빌려 줄게. 하지만 지금은 너한테 많이 생겼으니까 나중
에."

나는 방금 우리가 만나는 이유를 스스로 없앴다는 사실을
깨달았다. 그러나 이미 늦었다. 나는 그 상황을 돌이키기 위해
절대적으로 너의 조언이 필요하다고, 안내자가 필요하다고(그
건 사실이었다) 말할 작정이었다. 그런데 피에르가 일어서더
니 말했다.

"그럼…… 크리스마스 지나고 만나! 방학 잘 보내."

대답할 겨를조차 없었다. 피에르는 어느새 뚜벅뚜벅 멀어져
갔다.

이상한 녹음 테이프

올해 성탄절은 훌륭했다.

오마 할머니와 무티가 내게 꽤 신경을 썼다. 내가 받은 하이파이 오디오는 아주 멋진 소형 제품이다. 상당히 비쌌을 텐데.

"할머니께 감사드려야 해. 할머니가 많이 부담하셨거든."

"그런데 음반 말이야, 아빠가 남기신 그 음반들이 잔 누나 것은 아니지?"

"응, 아니야. 우리 모두의 것이니까 안심해라. 당분간 잔이 자기 방에 두는 거야. 나중에 너희 둘이 나눠 가지렴."

플로랑은 내가 발견한 음반의 중요성을 어렴풋이 느끼고 있었다. 플로랑은 나와 마찬가지로 자기도 음반의 주인이라고 생각했지만 음악에는 관심이 없었다.

나는 프랑스뮈지크와 라디오클라시크의 방송을 빠짐없이 들었다. 문제는 공간이었다. 여행 가방에서 음반을 거의 꺼내와 내 방은 온통 음반으로 넘쳐났다. 음반 목록을 작성해서 분류하려고 음반 재킷 뒷면에서 날짜와 장소를 찾았다.

아버지 사진이 없기 때문에 나는 음악으로 아버지 인생의 일부를 재구성해 보았다. 협주곡과 교향곡을 들으며 아버지의 삶 속에 들어가 거닐었다.

먼저 베토벤의 교향곡과 다섯 개의 〈피아노 협주곡〉을 들었다. 세트로 된 음반들이었다. 아버지 이름은 아무 데도 쓰여 있지 않았지만 무티는 단언했다. 그 시기의 프랑스 국립 관현악단의 연주는 모두 아버지가 녹음했다는 것이다.

피에르는 내게 녹음기사의 역할이 결코 작은 것이 아니라고 강조했다. 녹음기사는 작곡가도 지휘자도 관현악단 단원도 아니지만 곡의 음질을 좌우한다고 한다. 현악기나 금관악기 또는 팀파니를 강조할 수도 있고 피아노를 약화시키거나 강화시킬 수도 있다. 작품이 일단 녹음되면 녹음기사는 제2의 지휘자로서 잘못된 부분을 지우기도 하고 이따금은 어떤 악기를 강조하는 일도 하게 된다. 요즘 나오는 음반 재킷에 녹음기사의 이름이 오르는 것은 당연하다. 작품 하나하나에 녹음기사의 손길이 남아 있으니까. 나는 듣고 있는 음악 너머로 아버지의 손길을 느껴 보려고 노력했다.

플로랑과 나는 두 번째 가방에서 뜻밖의 물건을 발견했다.

음반뿐 아니라 녹음 테이프도 있었던 것이다. 일반 소형 카세트테이프가 아니라 녹음된 테이프의 길이가 수백 미터에 이르는 대형 테이프였다. 무티가 알아보고 말했다.

"너희 아빠가 녹음했던 것들이야."

"그런데 한 번도 안 들어 보셨어요? 아빠 목소리가 있을지도 모르는데도요!"

"그 사람 목소리는 없어. 잔, 흥분하지 마라! 아마 망쳤거나 버리려던 것일 거야. 공테이프일 수도 있고."

우리 집에는 그 테이프들을 틀 수 있는 녹음기가 없었다. 그 테이프들은 케이스도 없었다. 호기심이 일었다. 피에르라면 들을 수 있는 방법을 알 거야.

1월 둘째 주 화요일에 피에르를 다시 만났다. 피에르는 추운 날씨에도 아랑곳하지 않고 벤치에 앉아 글을 쓰고 있었는데, 나를 보자 일어서서 반가워하며 말했다.

"잔, 새해 복 많이 받아."

"너도 복 많이 받아! 새해 인사로 포옹도 해야겠지?"

피에르의 볼은 추위로 얼음장 같았다.

"오래 기다렸어?"

"어, 일부러 기다린 건 아니야!"

"같이 좀 걷자. 안 그러면 몸이 얼어 버리겠어."

나도 모르게 발걸음이 우리 집 쪽을 향했다. 나는 크리스마스 방학 동안 들었던 음반 이야기와 함께 이상한 테이프를 발견했다는 이야기도 했다.

"우리 아버지한테 녹음기가 하나 있는데 아마 그 테이프를 틀 수 있을 거야. 나한테 테이프를 보여 줘. 네가 직접 들어 보고 싶으면 테이프를 가지고 우리 집으로 오든가."

나는 망설였다. 피에르와 나는 어느새 우리 아파트 밑에 도착해 있었다.

"우리 집에 올라가 보지 않을래? 테이프들을 보여 줄게, 하나 가져가. 온 김에 내 음반, 아니 우리 아빠 음반들도 보고."

피에르는 주춤거렸다. 나는 피에르가 망설이는 이유를 알 것 같았다.

"걱정 마. 엄마는 집에 안 계셔. 5시 반까지 수업이 있거든."

피에르는 승강기를 타지 않고 걸어 올라갔는데 나보다 먼저 5층에 도착해 있었다. 플로랑은 주방에서 간식을 먹고 있다가 우리를 보고야 말았다. 나는 큰 소리로 소개했다.

"친구 피에르야!"

피에르는 플로랑과 악수하려고 했다. 우습다는 생각이 들었다. 나는 피에르를 내 방으로 안내했다. 피에르는 문턱에 멈춰 서서 내 침대 위에 핀으로 꽂아 놓은 커다란 흑백 사진을 바라보았다.

"폴 니에만이야. 피아니스트인데……."

"응, 나도 알아. 『텔레라마』에서 언뜻 사진을 봤거든."

마침내 피에르는 음반을 보더니 두 눈이 휘둥그레졌다.

"우와…… 이렇게 많아!"

사뭇 경건한 자세로 내 방에 들어오는 피에르의 모습은 감동적이었다. 피에르는 줄지어 늘어선 엘피 음반 앞에 꿇어앉더니 앨범 하나를 집었다.

"피에르 몽퇴가 지휘한 〈다프니스와 클로에〉……. 이건 고전 명반인데! 아니, 이건…… 카라얀이 지휘한 베토벤의 〈장엄 미사곡〉 초판이네. 나한테는 1975년에 나온 3판밖에 없는데!"

피에르는 마치 한 번에 은하계의 별들을 모조리 발견한 천문학자 같았다. 어느 것을 먼저 봐야 할지 몰라 했다. 감탄하다 설명하기도 하고, 전집 앨범을 보고는 놀라기도 했다. 내게 이런저런 충고를 쏟아부었는데 너무 흥분한 나머지 순서가 뒤바뀌기도 했다.

"아, 꼭 이것부터 들어야 해……. 어? 아니, 오히려 이게 낫겠어! 잠깐만……. 바흐의 〈류트를 위한 작품 전집〉도 있네? 존 윌리엄스가 기타 연주자였을 때 연주한 거야. 이럴 수가! 게다가 초판이잖아. 너희 아빠가 녹음하셨던 것들이야?"

"다는 아니야. 아빠 이름이 간혹 뒤에 적혀 있어."

갑자기 우리의 역할이 바뀌어 피에르는 감탄하며 배우는 사람의 입장이 되었다. 나는 시간을 거슬러 올라가 아버지에게 말 없는 감사를 보냈다.

"피에르, 빌리고 싶은 건 모두 빌려 가. 네가 조심해서 다룰 거라는 거 아니까."

"아니, 괜찮아……. 지금은 아니야, 나중에. 요즘 내가 무척 바쁘거든. 네가 먼저 잘 들어 봐! 이제 녹음 테이프를 보여 줘."

피에르는 녹음 테이프를 살펴보면서 고개를 갸우뚱했다.

"한 개 빌려 가도 돼? 아주 조심할 테니까 안심해. 다음 주 화요일에 돌려줄게."

"너라면 그 안에 무엇이 녹음되어 있는지 바로 알아낼 수 있지 않아?"

"장담은 못해. 녹음 테이프란 게 간단하지가 않거든. 테이프를 녹음했던 녹음기에 따라 달라. 너도 알겠지만, 가끔 트랙도 여러 가지고 속도도 다르잖아. 하지만 이 테이프들이 메종드라라디오*에서 녹음된 거라면 틀림없이 들어 볼 수 있을 거야."

"너희 아버지가 녹음기를 가지고 계시니? 아버지도 녹음기사야?"

"아니, 아니야. 음악 분야 일을 좀 하셔. 이제 난 가 봐야겠어."

5시 25분이었다. 피에르는 도망치듯 서둘러 떠났다.

*Maison de la Radio. 1963년에 건립된 프랑스 최대 라디오 방송국.

그날 저녁 플로랑이 무티에게 죄다 불어 버렸다. 플로랑에게 입단속을 시키지 않은 건 사실이다. 하지만 그런 건 눈치로 아는 것 아닌가. 아직 어려서 그런가 보다. 저녁 식사를 하는데 플로랑이 짐짓 명랑한 목소리로 말을 꺼냈다.

"피에르라는 사람, 착해 보이던데."

"그래, 아주 착해."

내가 무뚝뚝하게 대꾸했다.

"피에르라니? 피에르 데로 말이니?"

무티가 물었다.

"네, 아까 집에 온걸요!"

플로랑은 꼭 그 말을 덧붙여야 한다고 생각한 것 같았다.

"아, 그래?"

그 순간 나는 먹고 있던 토마토 샐러드만큼 얼굴이 빨개졌고, 곧 플로랑의 발을 시인했다.

"음반을 보여 주려고요. 그리고 아빠의 녹음 테이프 한 개를 맡겼어요. 내용을 알고 싶어서요."

무티는 분명 자세한 이야기를 기대했을 것이므로 적잖이 실망했을 것이다. 무티는 잠시 말이 없다가 분위기를 바꾸려는 것인지, 아니면 자신의 넓은 아량을 보여 주려는 것인지 짐짓 부드럽게 말을 이었다.

"그래, 피에르 데로는 아주 괜찮은 학생이야."

무티는 내가 피에르에 대해 물어보기를 기다렸을 것이다.

성격이라든가 학급에서의 행동이라든가. 하지만 나는 이튿날 아침까지 참기로 했다. 그리고 무티가 출근하자 곧 무티의 책상 안을 뒤졌다. 학년 초에 학생들이 작성한 카드를 정리해 두는 곳을 알기 때문이다. 나는 알파벳 순으로 정리된 고등학교 1학년 카드 정리함에서 피에르의 카드를 바로 찾았다.

피에르는 나보다 한 살 많았고, 우리 집에서 500미터가량 떨어진 18구의 카프롱 가에서 살고 있었다. 약간 고풍스럽게 멋을 낸 글씨체로 피에르는 다음과 같이 썼다.

부모님 직업
어머니 : 무직, 장애인
아버지 : 작곡가 겸 관현악 편곡가

이어서 무티가 불러 준 대로 '장래 희망'이라고 썼는데, 그 부분은 텅 비어 있었다.

작곡가였던 아버지

토요일 저녁에 오마 할머니가 왔다. 할머니는 텔레비전에서 눈물을 쥐어짜는 긴 연속극을 보고 싶어 했다. 나는 요즘 늘 하던 대로 내 방에 가서 여행 가방에서 찾아낸 음반을 들었다.

나는 커다란 상자 여러 개를 열어 보지 않은 채 구석에 밀어 두었다. 그 가운데에서 네 개의 상자가 호기심을 자극했는데 특별한 표시나 제목은 없었다. 상자 뚜껑에는 추상화가 그려져 있었다. 바자렐리*의 그림을 복제한 것이었다.

첫 번째 상자에는 음반은 없고 일반 노트와 음악 노트 여러 권이 있었다. 손으로 쓰여진 악보였다. 나는 상자에서 내용물

*Victor Vasarely(1908~1997). 헝가리 출신의 옵아트 작가.

을 모두 꺼냈다.

심장이 세차게 뛰기 시작했다. 알 것 같았다. 뭔가 짐작이 가기 시작했다.

먼저 위에 있는 노트들을 빠르게 훑어보았다. 짤막짤막한 쪽지 기록 아래 이따금 "격렬하게" 또는 "고요하게"라는 지시어가 있고 그 외에 다른 것은 쓰여 있지 않았다. 급하게 아무렇게나 써 놓은 초안 같다고 할까.

그러나 상자 맨 밑바닥에 있던 악보에는 제목이 붙어 있었다. 커다랗게 쓴 손 글씨였다.

툴루즈 소나타

그리고 아래에는 이렇게 쓰여 있었다.

오스카 레플렉스

아버지의 글씨였다. 나는 제정신이 아니었다. 한꺼번에 수천 장이 녹음되어 나오는 음반 같은 것이 아니라 아버지가 직접 손으로 쓴 자료였다. 그 악보들은 나를 위해 마련되었고 나를 기다려 온 듯했다. 아버지가 오래전에 내게 부친 소포를 오늘에야 받은 것 같았다.

일단 흥분이 가라앉자 악보의 발견이 의미하는 새로운 사실을 깨달았다. 그것은 바로 아버지가 작곡을 했다는 것이다. 나는 여러 해 전부터 아버지가 실존했다는 증거를 찾고 싶었고, 아버지의 초상화를 스케치할 수 있는 흔적을 기대해 왔다. 음반을 발견했을 때 황홀했고, 이 악보, 즉 '아버지의' 악보를 발견했을 때는 한없이 기뻤다.

나는 몹시 흥분해서 다른 세 개의 상자도 열었다. 그 안에도 악보들이 들어 있었다. 대개 아버지의 서명이 있고 작품 제목은 도시 이름들이었다. 릴, 아미앵, 리옹, 투르, 클레르몽페랑, 마르세유……. 이따금 외국 도시도 있었다. 마드리드, 발렌시아, 로마, 피렌체, 부다페스트…….

묘한 예감에 이끌려 음반 몇 장을 다시 집어 들었다. 그렇다, 시기가 일치했다! 아버지가 어떤 도시에서 음반을 녹음하고 난 몇 달 뒤에 그 도시는 아버지 작품의 제목이 되었다. 아버지가 경험했던 모든 여행이 압축되고 음악으로 변화되어 상자 속에 담겨 있었던 것이다.

아버지는 왜 악보를 음반과 함께 정리해 두었을까? 그 이유는 내게 영원히 의문으로 남을 것이다. 하지만 어쨌든 아버지는 기막힌 생각을 한 것이다. 아니면 예감이었는지도 모른다. 그런데 이 기호들을 어떻게 멜로디로 읽어 낸담? 이 엄청나게 많은 사분쉼표, 반음 올림표, 팔분음표 들의 의미를 어떻게 알지? 아, 음악을 읽어 낸다니! 내게는 꿈도 못 꿀 일이었다.

곧바로 피에르가 떠올랐다. 피에르라면 분명히 이 곡들을 연주할 수 있을 거야. 그래, 피에르야!

빽빽이 기록된 페이지를 미친 듯이 읽고 있는데 방문이 열렸다.

"잔! 아니, 아직 안 자는 거야? 새벽 1시가 넘은 거 알고 있니?"

"아빠가 작곡을 했어요."

내가 말하는 어조가 딱딱해서 무티는 심문이라도 당하는 기분이었을 것이다.

"아빠가 작곡을 했어요! 보세요……."

무티는 아연실색했다. 악보를 잡더니 믿을 수 없다는 듯 훑어보았다.

"잔…… 나는 몰랐어, 정말이야!"

"아빠가 한 번도 말한 적이 없나요? 엄마, 그래도 아빠가 피아노는 쳤잖아요!"

무티가 혼란스러워하고 있음이 분명했다. 기억을 더듬을수록 점점 더 희미해지는 것 같았다. 무티는 중얼거리듯 말했다.

"그 사람이 내 앞에서 연주를 하는 일은 드물었어. 피아노는 녹음실에 있었고, 나는 한 번도 가 본 적이 없었어. 너도 알지만, 난 음악에는……. 더구나 날짜를 보렴. 우리가 서로를 알게 된 해보다 전이잖아."

그 순간 나는 무티가 미웠던 것 같다. 열정적으로 음악을 사랑했을 아버지가 무엇에 이끌려 무티와 결혼했는지 의아했다.

"이제 자야지. 내일 아침에 다시 이야기하자. Gute Nacht, Liebchen(얘야, 잘 자라)."

잠을 자다니? 아버지가 작곡을 했다는 사실을 알아냈는데 어떻게 잘 생각을 할까? 정말 무티다웠다. 내일 세상에 종말이 온다고 해도 무티는 나더러 우선 자라고 할 것이다.

다음 날 아침 식사 시간에 무티는 그 문제를 그냥 넘기려고 했다.

"잔, 네가 흥분하는 것은 이해해. 네가 품은 감정도 이해하고. 하지만 거기에만 사로잡혀 있으면 안 될 거야. 고등학교에 가려면 성적이……."

"뭐라고요? 아빠가 작곡을 했다는 사실을 알아냈는데 이 악보들을 학년 말까지 서랍에 넣어 두라는 건가요? 왜 아예 여행 가방에 넣어서 다시 지하실에 처박아 두지 그러세요! 그렇죠, 그렇게 못 할 이유도 없겠죠."

"잔, 나는 그렇게 말한 적 없어!"

"내가 원고를 찾아낸 거라고 상상해 보세요. 아빠가 작가였는데 아무도 그 사실을 모르는 채 돌아가셨고, 우리가 아빠의 자필 원고를 발견했다고 생각해 보세요. 그것도 아빠 자신에 대한 이야기를 들려주는 원고를요. 적어도 읽어는 보고 싶지 않겠어요? 출판도 하고 싶을 테고요!"

"잔, 나는 악보를 볼 줄 몰라. 하지만 우리가 이 악보를 누군가에게 보여 주면 되겠지.”

나는 화가 치밀어 참을 수가 없었다.

“우리라니요? 엄마가 아빠의 흔적을 찾으려고 했다면 십 년 전에 이 음반들부터 들여다봤을 거예요. 이제야 내가 이 악보들을 찾아내니까 누군가에게 보이자고요? 누구한테 보일 건데요?”

“아직은 모르겠다. 찾아보도록 하자.”

“아니요, 나는 알아요!”

무티는 지친 듯 고개를 숙였다. 그러다가 주방 창가로 가서 창문 너머로 보이는 옆 건물을 응시했고, 한참 있다가 나를 등진 채 작은 목소리로 말했다.

“잔, 너도 알다시피 몇 년 동안 나는 너희 아빠에 대해서는 어느 것도 입에 올릴 수가 없었다. 그 사람이 좋아했던 것들, 그 사람이 생각나게 하는 말들, 우리가 함께 지냈던 장소들……. 그 모든 것이 내게 상처를 주었으니까. 이곳은 피난처가 되어 주었어. 추억과 단절시켜 주는 장소지. 그런데 네가 다시 문을 열고…….”

“엄마, 사실대로 말해 줘요. 아빠에 대해 달리 간직하고 있는 것은 없어요? 엄마가 한 번도 말한 적이 없는 것 말이에요. 사진이라든지.”

“아무것도 없어. 정말이야.”

마침내 무티는 자신의 말이 진실임을 호소하기 위해 떨리는 눈길로 나를 바라보았다. 또다시 침묵이 흘렀다. 알 수 없는 미움이 밀려와 나는 불쑥 내뱉었다.

"이따금 엄마가 아빠를 진실로 사랑했을까 궁금해져요."

무티의 눈가가 젖어들더니 눈빛이 차가워졌다. 무티는 혼잣말처럼 중얼거렸다.

"잔, 네 생모가 네 아빠를 나만큼 사랑했을지 모르겠구나. 그래, 나는 그 사람을 사랑했어. 그 사람이 죽고 난 지금도 나는 그를 사랑하고 그의 아내로 남아 있지. 훗날 너는 궁금해하겠지, 지금은 그럴 수 없겠지만."

"아, 그래요? 뭘 궁금해할까요?"

나는 어리석게도 공격적인 태도를 보였지만 무티는 전혀 공격적이지 않았다. 무티는 중얼거렸다.

"네 아빠는 정말로 나를 사랑한 걸까?"

그 말은 나를 혼란에 빠뜨렸다. 내가 한 번도 품어 보지 않은 의문이었다.

"너도 알다시피 네 아빠는 내겐 벅차서 따라가지 못할 사람이야."

무티는 두 손으로 내 얼굴을 감싸 쥐고 똑바로 쳐다보며 크게 말했다. 내가 한 번도 들어 본 적이 없는 말이었다.

"그 사람은 죽었어."

피에르의 집에서

화요일에 벤치로 가 보니 피에르가 보이지 않았다. 처음에는 걱정이 되다가 나중에는 은근히 자존심이 상했다. 차가운 바람이 길가의 앙상한 나뭇가지로 휘몰아쳤다. 더 기다려야 할까?

망설이고 있는데 큰길가 찻집에서 뛰어나오는 피에르의 모습이 보였다. 그 애는 십 년 전에나 유행했을 법한 모자 달린 커다란 빨간색 스키 재킷을 입고 있었다. 피에르는 우스꽝스러워 보이는 것을 개의치 않았다. 문득 안심이 되었고 피에르를 보게 되어 기뻤다.

피에르는 인사 대신 녹음 테이프를 내밀었다.

"피아노 음악이야."

점점 확실해지고 있었다. 나는 피에르가 어떤 대답을 할지 거의 확신하면서 물었다.

"누구 음악인데?"

"모르겠어. 현대 작품으로 12음 음악*이야. 내가 모르는 곡이야, 잔. 전혀 모르겠어."

나는 피에르에게 아무것도 털어놓지 않고 짐짓 무관심한 체하며 물었다.

"음악은 어때? 괜찮은 것 같아?"

피에르는 말을 신중히 하려는 듯 고개를 끄덕였다.

"아주 훌륭해. 강렬하고 마음을 사로잡는 힘이 있어. 무척 감동적이야."

나는 가방에서 악보를 꺼냈다.

"잠깐 봐 줄 수 있어?"

피에르는 정말 음악을 읽었다! 나는 피에르의 시선이 음표 위를 달리며 악보 전체를 해독하는 것을 보았다. 화음이나 여백에 쓰여 있는 지시에 피에르는 이따금 읽는 것을 멈추었다. 추위에도 아랑곳하지 않고 피에르는 오랫동안 악보를 훑어보았다. 강한 흥미를 느끼는 듯했다. 마침내 피에르가 입을 열었다.

"피아노로 쳐 봐야겠어. 나한테 하나 빌려 줄 수 있어? 이거

---

*으뜸음이 없는 무조 음악으로 반음계의 12음을 사용하는 음악을 말한다.
　―원주

누가 작곡한 거야?"

"우리 아빠."

피에르는 당황했거나 아니면 놀란 듯했다. 어쩌면 양쪽 다인 것 같았다.

"그래, 잔. 내 생각에 너희 아버지는 진정한 작곡가였어. 그런데 넌 나한테 그런 얘기를 한 적이 없어. 왜 그랬는지 말해줘……."

나는 피에르에게 우리 가족 이야기를 하고 싶지 않았다. 지금은 아니었다. 날씨가 몹시 추워서 나는 발을 동동 굴렀다.

"피에르, 내가 들을 수 있게 이 녹음 테이프를 소형 카세트 테이프에 복사해 줄 수 있어?"

"그럼. 원한다면 언제든지 해 줄게. 지금 당장도 좋아! 시간 있으면 잠깐 우리 집에 가자. 테이프 원본을 들려줄게."

거절하면 다음 주 화요일까지 기다려야 한다. 피에르는 나를 확실히 설득하려고 덧붙여 말했다.

"집에 엄마가 계셔."

"좋아. 하지만 30분 이상은 안 돼."

피에르의 눈이 반짝반짝 빛났다. 피에르는 가로수 길 쪽으로 가려고 내 손을 잡았다. 나는 뿌리치지 않았다.

피에르의 집은 그리 멀지 않았다. 클리쉬 광장을 지나서 좁은 골목길로 접어들었다. 피에르는 꽤 누추한 커다란 건물 안으로 나를 안내했다. 건물 1층은 헛간 같았다. 우리는 창고 같기도 하고 작업장 같기도 한 통로를 지났다. 피에르가 설명했다.

"여기는 목공소고 우리 집은 2층이야. 그래서 아무도 우리 집에서 나오는 소음을 불평하지 않아."

피에르의 집은 예술가의 작업실 같았다. 큰방 한가운데에 그랜드피아노가 떡 버티고 있었다. 좁디좁은 구석에 자리 잡은 주방을 보고 피에르네 식구들은 어디서 식사를 할까 궁금해졌다. 그러나 집 안을 잘 살펴보니, 이 집에서는 먹는 것이 아주 부차적인 활동이라는 것을 알 수 있었다.

피에르는 여러 가지 기구들이 들어 있는 캐비닛 쪽으로 갔다. 신시사이저가 한 대, 아니 두 대나 있었다. 피에르는 커다란 녹음기에 테이프를 걸었다. 문이 조금 열려 있던 옆방에서 갑자기 어떤 목소리가 들려왔다.

"피에르니?"

"네, 엄마."

피에르는 목소리를 낮추고 내게 말했다.

"우리 엄마야. 가서 인사하자."

우리는 작은방으로 들어갔고 나는 곧 날카로운 시선에 굳은 표정을 한 부인과 마주했다. 부인은 휠체어에 앉아 무릎에 담요를 덮고 있었다. 나를 보는 눈길이 가혹하리만치 뚫어지게 쳐다보는 시선이었다.

"학교 친구 잔이에요."

“안녕하세요?”

“그래요, 학생…….”

부인은 내게 미소를 지었지만 나는 왠지 모르게 뺨을 얻어 맞은 기분이었다. 내가 얼마나 자존심이 상했는지 피에르가 눈치챈 것 같았다. 피에르는 큰방으로 돌아오자 나지막한 목소리로 나를 달랬다.

“신경 쓰지 마. 원래 그러시니까.”

갑자기 방 안에 피아노 음이 울렸다. 소리가 하도 가깝고 생생해서 나도 모르게 피아노 쪽을 돌아보았다. 그러나 피에르는 벽에 걸린 스피커를 가리켰다.

귀를 기울였다. 언뜻 듣기에는 아무런 의미 없는 소리가 폭포처럼 쏟아져 내렸다. 나는 어리둥절해서 최소한의 멜로디도 따라가기 어려웠다. 그런데 무언가가 조금씩 나타나기 시작했다. 풍랑이 이는 거친 바다 위를 비추는 희미한 빛이랄까……. 그러더니 희미했던 빛이 갑자기 엄청나게 쏟아지면서 바다를 환히 비추고 바다와 혼연일체가 되었다. 내 짧은 경험으로는 도저히 표현할 수 없는 느낌이었다.

피아노 소리가 느닷없이 뚝 그쳤다. 마치 배우가 다음 대사를 찾지 못해 더듬거리듯, 음과 화음 몇 개가 어설프게 반복해서 울렸다. 그리고 정적이 흘렀다.

“미완성이야.”

피에르가 설명해 주었다.

"어때?"

나는 깊은 감동을 받았다. 저기에 아버지에 대한 살아 있는 증거, 그러니까 아버지가 작곡했을 뿐만 아니라 아버지 자신이 연주한 음악이 있었다.

"피에르…… 다시 들을 수 있을까?"

좀 전에 들었을 때처럼 소리가 그려 내는 같은 풍경이 떠올랐다. 같다고? 아니, 똑같지는 않았다. 같은 곡인데도 아까와는 달리 이미 그 그림은 더욱 풍부하고 많은 의미를 담고 있었다. 나는 음악을 들으며 피아노를 치는 아버지의 모습을 상상해 보았다. 바로 그 순간 등을 돌리고 있는 아버지가 언뜻 보였다. 연주회장의 폴 니에만처럼 아버지도 얼굴이 보이지 않았다. 그러나 영혼이 있었다. 아버지 곁에서 십 년을 사는 것보다 음악을 통해 아버지를 더 깊이 알 수도 있지 않을까?

"이젠 어때?"

음악이 끝나자 피에르가 끈질기게 물었다.

"너무 아름다워. 그런데 어떻게 설명하지? 나는 판단을 내릴 수가 없어. 그 사람의 딸이잖아."

"이해해."

피에르는 피아노의 보면대에 아버지의 악보 하나를 올려놓았다. 그리고 건반 앞에 앉아 연주하기 시작했다. 아주 느리고 멜로디가 분명하게 드러나지 않는 곡이 흘러나왔다. 뿌연 안개 속을 헤매는 듯하다가도 이따금 경쾌한 바이브레이션 음이 들려왔다. 마치 조그만 새들이 어둠과 불안을 뚫고 날아가려고 애쓰는 것처럼.

녹음 테이프에 들어 있는 곡과는 달랐는데도 나는 두 곡이 지닌 유사성에 놀랐다. 몇몇 음은 같은 음으로 들렸다. 음색이며 음량, 연주하는 방식도 같다고 여겨질 정도였다.

내가 왜 피아노 발치에 웅크리고 있었는지 모르겠다. 아마 언젠가 이미 경험한 듯한 느낌을 맛보려는 것이었으리라. 예전에 나는 이와 비슷한 집에서 바로 곁에서 쏟아져 나오는 격렬한 음악 속에 파묻혀 있었다. 게다가 무언가를 생각나게 하는 자단나무까지 있었다……

나는 서너 살쯤 되어 보인다. 아버지는 피아노 앞에 앉아 피아노를 치고 있다. 나는 아버지 발치에서 논다. 아버지와 함께 보냈던 시간이 아버지의 음악을 타고 되살아난다. 음악과 아버지, 피아노 그리고 내게 쏟아져 내리는 음들의 일렁임이 긴밀하고 정답게 결합되어 한 덩어리가 된다. 파묻혀 있던 추억의 그림자가 조금 스치기만 해도 지난날 전체가 다시 짜 맞춰지고 활기를 띤다. 조금만 더 추억에 잠겨 있고 싶다.

잠시 후 피에르는 연주를 멈추었다가 다시 시작하고, 또다시 앞부분으로 돌아갔다가 연주를 완전히 멈추었다.

"아무래도…… 연주하기 전에 이 곡들을 좀 연구해 봐야 할 것 같아. 내가 악보를 가지고 있어도 될까?"

"응."

나는 피에르에게 그 악보가 복사본이란 사실을 밝히지 않았다. 원본은 내 방에 있는데 그것과 헤어진다는 것은 있을 수 없는 일이다.

"이 악보들, 너희 아버지께도 보여 드릴 거야?"

"어쩌면 그럴 수도 있겠지. 잘 모르겠어……. 왜?"

"너희 아버지도 의견을 말씀해 주실 수 있을까 해서. 그분도 음악 분야에서 일하시지 않아?"

"응, 그래."

피에르는 피아노와 신시사이저 등 여러 가지 악기들을 가리켜 보였다. 불현듯 왠지 모르게 두려움이 밀려왔다. 입 밖에 내서 말할 수 없는 그런 불안감이었다. 그것은 바로 피에르의 아버지가 내 아버지의 음악을 도용하지 않을까, 죽은 음악가의 작품을 훔쳐서 그 사람의 재능을 빼앗지 않을까 하는 걱정이었다.

"너희 아버지도 혹시…… 작곡가 아니야?"

피에르는 나를 이상한 눈으로 쳐다보았다. 마치 내가 그 사실을 누구한테서 알았는지 또는 내 질문에 어떤 의도가 숨어 있는지 궁금하다는 듯이.

피에르는 대답 대신 귀중한 책처럼 선반에 정돈된 많은 녹음 테이프 가운데 하나를 녹음기에 넣었다. 멜로디 한 소절이 방 안에 울려 퍼졌다. 친숙하고 간단한 주제의 관현악 연주였다. 나는 그 곡을 곧바로 알아맞혔다.

"가만, 이건 '여름날의 사랑'에 나오는 음악이잖아!"

"맞아. 우리 아버지는 텔레비전 드라마의 배경음악을 작곡하셔."

피에르는 그 음악에 전혀 자부심을 느끼지 못하는 듯했다.

"이 음악을 모르는 사람이 없어! 그러니까 너희 아버지는 유명한 분이잖아?"

"맞아. 어떻게 보면 유명하시지. 당신이 말하듯 '특히 슈퍼마켓'에서."

나는 뭐라고 대꾸하려다가 그만두었다. 그럴 필요가 없었다. 아버지가 살아 있다는 것은 가치를 따질 수 없는 재산이니까. 사람들은 어떤 재산은 잃고 나서야 그 소중함을 깨닫는다.

마음속에 있던 두려움이 홀연 자취를 감추어 버렸다. 왜 그랬을까?

"어, 시간이 늦었네! 가야겠어."

"바래다 줄까? 어두워졌는데."

"농담하는 거야? 바로 코앞이잖아."

나는 기쁜 마음으로 돌아왔다. 그런데 내 방에 들어오고 나서야 내가 피에르의 집에 갔던 원래의 목적을 까맣게 잊어버렸다는 것을 깨달았다. 아버지의 테이프를 복사하러 간 거였는데 말이다.

오스카 레플렉스는 어떤 사람이었을까?

한 주가 지나고 다시 화요일이 되었다. 학교를 나서는데 눈이 내리고 있었다. 벤치가 비어 있는 것을 보았지만 놀라지 않았다. 지난주에 피에르가 나왔던 찻집 쪽을 슬쩍 보았다. 피에르가 찻집 창가에 서서 크게 손을 흔들었다. 그럴 필요까지는 없었는데……. 피에르는 모자가 달린 커다란 빨간색 스키 재킷을 입고 있어서 아마 2킬로미터 떨어진 곳이었다 해도 알아보았을 것이다.

나는 피에르가 있는 곳으로 가기가 망설여졌다. 무티가 곧 학교에서 나올 것이다. 찻집에, 그것도 남학생하고 같이 있는 모습을 보이고 싶지 않았다. 그렇지만 나는 찻집 안으로 들어갔다.

"안쪽으로 들어가는 게 어때?"

우리는 될 수 있는 대로 길에서 먼 쪽으로 가 앉았다. 안쪽의 구석 자리라 포근하고 안락했다. 그런 상황에 놓여 보기는 처음이었지만 그 상황이 지속되기를 은근히 바랐다.

그 순간 내가 기대했던 것이 무엇이었는지는 정확히 모르겠다. 지난주처럼 피에르가 손을 잡아 주기를 바랐을까? 뭔가 다정한 말을 해 주기를 바랐을까?

아니, 처음부터 그런 건 기대하기 어려웠다. 피에르는 어떤 행동도 하지 않았다. 남자애들은 정말 때도 아닌데 불쑥 어리석은 짓을 하고, 정작 때가 되면 아무런 시도도 하지 않는 못 말리는 기질이 있다. 실망스럽지만 피에르도 예외가 아니었다.

피에르는 탁자에 커다란 악보 뭉치를 올려놓았다. 그 모습이 사뭇 심각하고 근엄해 보였다.

"잔, 기분 나쁘게 생각하지 말아 줘. 너희 아버지에 대해 듣고 싶어. 얘기해 줄 수 있어?"

나는 길게 한숨을 내쉰 다음 조금 허세를 부렸다.

"그 이야기를 불편해하는 사람은 엄마야. 나는 그렇지 않아."

종업원이 김이 모락모락 나는 코코아 두 잔을 가져왔다. 피에르는 손을 따뜻하게 하려는 듯, 아니면 이야기를 해 보라는 듯 두 손을 잔 위에 얹었다. 하긴 얘기하지 못할 것도 없잖아? 아버지에 대해 이야기하는 것은, 어떤 면에서 보면 내 이야기를 하는 것과 같다.

"뭘 알고 싶은데?"

"전부."

"나도 아빠에 대한 거라면 뭐든지 알고 싶어. 하지만 그건 쉬운 일이 아니야. 너도 곧 그 이유를 알게 될 테지만……. 아빠 이름은 오스카 레플렉스야. 알제리가 독립하기 몇 년 전에 알제리에서 태어나셨어. 아빠는 힘든 어린 시절을 보내셨대. 친할아버지, 친할머니가 알제리에서 프랑스로 돌아오자마자 사고로 돌아가셨거든. 그래서 국가에서 운영하는 시설에 맡겨졌어. 그래도 아빠가 녹음기사가 된 걸 보면 교육은 잘 받으셨나봐. 아빠는 메종드라라디오에 취직하셨어. 센 강변에 있는 큰 원형 건물 알지? 그곳에서 녹음기사로 일하셨어. 하지만 연주회를 녹음하느라 지방이나 외국으로 출장을 자주 갔대. 처음에는 파리에 있는 자그마한 원룸 아파트에서 혼자 사셨어. 지금은 거기에 할머니가 사시고. 그러다가 내 친엄마, 오딜을 만나셨어. 친엄마에 대해서는 나도 아는 게 거의 없어. 그때 부모님은 남부 지방 마을에서 꽤 떨어진 곳에 있는 큰 집을 사셨대."

"그렇지만 너희 아버지는 파리에서 일하셨잖아."

"그래. 내 생각에 아빠는 파리에 있는 원룸 아파트를 호텔 방처럼 썼던 것 같아. 우리 부모님의 진짜 집은 칼라스에 있었어."

"칼라스?"

"드라기냥 북쪽에 있는 마을이야. 집은 도로에서 2킬로미터 떨어진 숲 속에 있었어. 우리 부모님은 인근 샘에서 물을 끌어다가 발전 장치로 전기를 일으켰어."

"외딴 시골이었네……."

"오지였지만 풍요로웠지. 아빠는 집에서 백 미터가량 떨어진 곳에 녹음실을 지었어. 시멘트로 둥글게 지은 별채였대. 아빠는 그곳에 녹음 장비와 네 피아노처럼 커다란 그랜드피아노를 가져다 놓았어. 그 이유는 모르겠지만."

"틀림없이 음향 효과 때문이었을 거야."

"우리 부모님은 거기서 아주 행복했고, 내가 태어날 때까지 거기서 사셨어."

"그럼 넌 거기서 태어난 거야?"

"응, 칼라스에 있는 그 큰 집에서. 나도 내가 정확히 어떤 상황에서 태어났는지는 몰라. 하지만 조산에다 난산이었대. 우리 엄마는 조산을 예상하지 못했나 봐. 내 추측인데, 아빠는 집에 없었거나 아니면 엄마를 병원으로 데려갔을 거야. 엄마는 나를 낳다가 돌아가셨어. 그게 내가 아는 전부야. 호적에 분명히 엄마가 돌아가시던 날 내가 태어난 것으로 되어 있어."

"그럼 그때부터 너희 아버지 혼자서 너를 키우신 거야?"

"응. 하지만 사실 기억나는 건 전혀 없어……. 솔밭 향기, 음악, 밤……. 난 아빠가 피아노를 치실 때 그 발치에서 놀고 있는 내 모습을 가끔 떠올려 보곤 해."

"그 이후는 나도 알 것 같아. 너희 아버지는 레플렉스 선생님을 만난 거지, 그러니까……."

"결혼 전 이름은 그레테 퀸이었대."

"너희 아버지는 그분을 언제 만나셨어?"

"무티 말로는 내 친엄마가 돌아가시고 한참 뒤에 쾰른에서였대. 내 생각엔 엄마가 돌아가시기 전에 아빠가 무티를 알았던 것 같아. 하지만 상관없어. 아빠는 어린애가 딸린 젊은 홀아비였으니까 오랫동안 혼자 지낼 수는 없었을 거야. 틀림없이 나한테 엄마가 있었으면 했을 거야. 그리고 사실 무티는 늘 그 역할을 충실히 해냈어."

"그러니까 네가 아는 엄마는 그분뿐이네?"

"당시 무티는 프랑스어를 가르쳤고 아빠보다 열세 살 아래였어. 플로랑은 두 분이 결혼하고 이듬해에 태어났지. 다시 한 가족이 만들어진 거야."

주위를 둘러보았다. 무관심한 손님들은 떠들거나 웃고 낮은 소리로 토론을 벌이며 놀랄 만큼 편안한 둥지를 이루고 있었다.

나는 목이 멘 채 말을 이었다.

"그리고 또다시 비극이 닥쳐와 모든 걸 망가뜨리고 말았지."

내가 왜 이런 얘기를 피에르에게 했던 것일까? 그 애가 물어봤기 때문에? 꼭 그런 것만은 아니다. 과거로 돌아가 너무나 오랫동안 억눌러 왔던 이야기를 털어놓자 마음이 편안해졌다. 또 속내 이야기를 들어 주는 사람이 다름 아닌 피에르라서 행복하기도 했다. 비록 그 뒤의 일이 더욱 고통스러울지 몰라도.

그때 피에르가 내 손을 잡았다. 그러나 그 행동은 그 순간에 내가 바라던 것이 전혀 아니었다.

"잔, 계속 이야기하고 싶지 않으면……."

"9월 말이었어. 아직 플로랑이 태어나기 전이었지. 아빠는 칼라스의 큰 집에 혼자 계시고 임신 6개월이었던 무티는 나와 파리에 있었어. 무티는 파리에서 독일어 임시 교사 자리를 찾느라 애쓰고 있었지. 내 추측에 아빠는 아기가 그 큰 집에서 태어나는 것을 원치 않았던 것 같아. 위험했으니까. 나는 유아원에 있었고……. 무티가 이야기해 준 대로 말하는 거야. 다른 이야기는 들은 적이 없으니까. 어느 날 아침 무티는 경찰서에서 연락을 받고 서둘러 칼라스로 가야 했대. 불이 나서 집은 다 타 버리고 아빠는 돌아가셨다는 거야. 무티는 독일에 계신 자기 어머니한테 전화해서 오시게 했대."

"그분의 어머니라면, 네가 오마 할머니라고 부르는 분?"

"응, 맞아……. 무티가 겁에 질려 현장에 가 보니, 집은 다 타 버리고 검게 그을린 기둥 넷만 남았더래. 숲에서 일어난 화재의 원인이 사고였는지 방화였는지는 밝혀지지 않았지만, 그게 뭐가 중요하겠어? 밤에 불이 나자 소방대원들이 바로 출동했는데 인명을 구하기에는 이미 늦었더래. 거센 미스트랄*을

*프랑스 론 강을 따라 리옹 만으로 부는 강한 북풍.

타고 불이 급속하게 번져 그 지역을 완전히 삼켜 버렸다는 거야. 나중에 소방대원들이 밝힌 바로는 집 주변에 있던 가시덤불을 없애지 않은 것이 큰 실수였대. 녹음실만 별 피해가 없었대.”

물론 내가 직접 겪은 일은 아니다. 나는 파리에 있었으니까. 그러나 마치 그 일이 바로 어제 일어난 것처럼, 마치 내가 현장으로 아버지의 시신을 확인하러 간 것처럼 목이 메었다.

“가구, 책, 가족 문서 할 것 없이 모두 타 버렸고, 방으로 가는 복도에서 검게 탄 아빠의 시신을 발견했대. 소방서에서 조사한 바로는 아빠가 수면제를 드신 것 같더래. 창문을 모두 열어 놓고 주무셨다는데, 뜨거운 열기가 들어오자 그제야 깨어나셨던 것 같아. 아빠는 빠져나오려 했지만 질식해서 돌아가셨어. 하지만 고통을 겪지는 않았을 거래. 화재가 나면 불에 타기 전에 먼저 질식해서 죽는다니까. 이쨌든 아빠도 오랫동안 고통스럽지는 않으셨을 거야.”

나는 기진맥진해서 간신히 말을 이었다.

“오랫동안 나는 아빠가 돌아가셨다는 사실을 인정하지 않았어. 아빠가 살아 계신다고 믿고 싶었거든. 어렸을 때 나는 아빠가 언젠가 돌아오실 거라는 거짓말 같은 이야기를 잘 꾸며 냈어. 여덟 살 땐가 무티에게 그 이야기를 했더니 무티가 내 뺨을 때리며 울부짖었어. ‘아빠는 정말로 돌아가신 거야, 알겠니? 내가 아빠 시신을 확인했다니까! 뭘 더 알고 싶어?’ 그 뒤로 다시는 아빠에 대한 이야기를 꺼내지 않았어. 요 근래까지 우리 집에서 그 이야기는 한 번도 나온 적이 없었어."

"이해해. 레플렉스 선생님을 원망해서는 안 돼. 큰 충격을 받으셨을 거야."

"하지만 난 우리 아빠가 어떤 분이었는지 알 권리가 있어, 피에르. 그렇지 않아?"

"알고 있잖아. 금방 나한테 말해 놓고서……."

"그 이야기들은 모두 내가 한 해 한 해 추측하고 모은 것들 이야. 영원히 완성되지 않을 퍼즐 조각이나 마찬가지라고! 친 엄마에 대한 건 여전히 알 수 없고 물어볼 엄두도 못 내."

"왜?"

"무티한테 못할 짓 같아서. 친엄마는 일곱 달 동안 나를 임 신하고 있었지만 무티는 십 년 동안 나를 길렀어. 그리고 무티 에게 물어본다는 것이 부질없기도 하고. 무티는 친엄마에 대 해서는 아무것도 모르거든. 아빠가 무티에게 그 이야기는 별 로 안 했을 테니까. 나는 친부모 없이 자랐어……."

피에르는 생각에 잠긴 듯했다.

"잠깐만……. 새엄마는 너희 아버지가 작곡한다는 사실을 모르셨어? 두 분은 2년간 함께 사셨잖아."

"무티가 아는 건 아빠가 피아노를 쳤다는 사실뿐이야. 그리 고 음악을 듣곤 했다는 것 정도만 알지."

피에르는 대충 이해하겠다는 듯 머리를 끄덕였다.

“잔, 알 것 같아. 너희 아버지의 생활은 네 어머니가 돌아가시고 나서 많이 변했을 거야. 너를 돌봐야 했을 테니까 작곡할 여력이 없으셨을 거야……. 그러고 나서 레플렉스 선생님과 결혼하자 플로랑이 생겼고. 레플렉스 선생님은 아마 음악에 관심이 없었겠지?”

“거의 없어. 하긴 있었을지도 모르지……. 독일인이니까!”

내가 빈정대자 피에르는 사람 좋게 씩 웃었다.

“악보나 음반은 모두 녹음실에 있었어?”

“응.”

“화재가 난 뒤에 어떻게 됐어?”

“보험금을 탔대. 하지만 무티는 무슨 일이 있어도 집을 새로 짓지는 않았을 거야. 무티로서는 칼라스에 다시 가서 산다는 건 생각조차 할 수 없는 일이었겠지. 무티는 아버지 동료들에게 알렸고 그들 가운데 몇 명이 녹음실 상비의 일부를 사 갔대. 나머지는 그 자리에서 경매 처분되었고…….”

“음반과 녹음 테이프, 그리고 악보를 담은 여행 가방 두 개만 빼고?”

“응. 무티가 자동차에 실어 올 수 있었던 건 그게 전부였대. 그런데 말이야, 무티가 그것들을 어디다 보관했는지 모르겠어. 우리 네 식구는 아주 좁은 원룸 아파트로 다시 돌아왔거든.”

“네 식구라니?”

"무티와 나 그리고 12월에 태어난 플로랑이 있고, 거기다가 무티의 어머니인 오마 할머니가 프랑스에 남아 있기로 했거든. 칼라스의 집, 아니 집이라기보다는 땅하고 거기 남아 있던 것이 팔렸고, 무티는 그 돈으로 우리가 지금 살고 있는 파리의 아파트를 구입했어."

피에르는 내가 지쳐서 이야기를 끝내고 싶어 하는 것을 알아차렸다.

"그럼 칼라스에는? 한 번도 다시 가 보지 않았어?"

"가 봤지. 2년 전이었어. 무티는 플로랑과 나를 드라기냥으로 데려갔지만 더 갈 용기가 없었던지 우리만 택시에 태워 보냈어."

"그래, 플로랑은 아버지를 전혀 모르고 컸겠구나."

피에르가 중얼거렸다.

"우리는 칼라스에서 아무것도 보지 못했어. 새로운 땅 주인들이 폐허 위에 별장을 지었는데, 그들 말로는 미관상의 이유로 녹음실을 허물었대. 모두 사라지고 아무것도 없었어."

나는 입을 다물었다. 피에르도 잠자코 있었다. 침묵을 깬 것은 나였다.

"음반과 악보를 발견하기 전을 생각해 봐. 아버지의 자취라곤 아무것도 없었어. 물건도 전혀 없고. 아버지가 살아 있었다는 증거가 하나도 없었던 거야."

나는 나지막한 목소리로 말을 이었다. 내가 가장 가슴 아프게 여기는 사실을 말할 참이었기 때문이다.

"사진 한 장조차 없어. 아버지가 어떻게 생겼는지 영원히 알지 못할 운명인가 봐. 아버지는 유령이야. 얼굴이 없으니까."

"하지만 이제부터는 목소리가 있잖아."

힘겨운 나날들

나는 틈나는 대로 아버지의 '목소리'라고 할 수 있는 음악을
들었다.

내가 부탁한 대로 피에르는 녹음 테이프들을 카세트테이프
에 옮겨 녹음해 주었다. 테이프는 대개 아주 오래전에 열렸던
연주회들을 녹음한 것이었다. 해설자는 약간 힘이 들어간 목
소리에다 옛날식의 허풍 섞인 어투로 말했다.

"프랑스 제4방송 청취자 여러분께 감사드립니다. 여러분이
들으실 프로그램은 스테레오로 중계방송 됩니다. 라디오 다이
얼을 조정하시죠. 자, 음악 나갑니다……."

나는 "녹음에는 오스카 레플렉스!"라는 해설자의 말이 나올
순간을 애타게 기다리곤 했다.

그 당시에는 음악을 연주한 사람들을 밝힐 때 녹음기사의 이름도 빼놓지 않고 언급했다. 연극에 '연출가'가 있듯이 음악에도 '음악 연출가'가 있었다. 테이프에 녹음된 연주회들은 실황 중계였고 연주곡들은 대부분 현대 음악이었다. 피에르 불레즈, 피에르 셰페르, 앙리 뒤티외, 크시슈토프 펜데레츠키, 올리비에 메시앙, 죄르지 리게티…….

이해해 보려고 애썼지만 그 곡들은 난해했다. 사람을 당혹스럽게 하는 그런 연주회보다는 마지막 남은 세 개의 녹음 테이프가 더 마음에 들었다. 그것들은 피아노 음악으로, 실황 녹음된 오스카 레플렉스의 작품이었다. 작곡가 자신이 연주하고 녹음도 맡았다. 아직 완성되지 않은 곡들이었다. 연주 중간에 가끔 끊기는 악절들, 뒤죽박죽 연주되는 주제들……. 초안 상태의 곡들이었다. 하지만 그 곡들은 앞의 현대 음악보다 수천 배 소중했다. 아버지가 피아노를 친 것이기 때문이다.

아버지의 악보를 연구한 피에르는 그 곡들이 완성되지 않은 이유를 설명해 주었다.

"너희 아버지는 음악을 악보에 옮기기 전에 즉흥적으로 악상을 떠올리셨어. 그것을 피아노로 쳐서 녹음한 다음 다시 들어 보고 가장 나은 것을 최종적으로 선택해서 악보로 옮기셨던 거야."

아쉽게도 세 개 중 어떤 테이프에도 완성된 곡이 없었다. 서로 다른 세 개의 소나타 초안이었다. 아버지의 죽음으로 작업이 중단되었던 것이다. 완성된 작품들은 깨끗하게 악보로 정리되어 있었다. 하지만 아버지는 그 가운데 어느 한 작품도 녹음할 필요는 느끼지 않았던 것 같다. 일단 악보로 옮겨 놓으면 그걸로 만족한 듯했다.

피에르는 녹음 테이프 원본을 복사한 카세트테이프와 함께 돌려주었다. 바로 그날 밤, 플로랑이 텔레비전을 보는 동안 나는 무티를 내 방으로 청해서 침대에 앉으라고 권했다.

"잠깐 시간 되시죠? 들어 보세요."

나는 아버지가 작곡한 미완성 소나타 가운데 가장 긴 것을 무티에게 들려주었다. 5분가량 되는데 낯선 화음이 내 귀에는 익숙하게 들리기 시작했다. 무티는 감동한 탓인지 아니면 충격을 받은 탓인지 눈살을 찌푸렸다. 피아노 소리가 반복적인 질문 형태의 화음으로 그치자 무티는 억지로 웃어 보이며 나를 바라보았다.

"대단한 연주 솜씨구나, 그렇지 않니?"

무티는 빗나간 대답을 했다. 〈모나리자〉를 감상할 때 화가가 그림을 정말 잘 그렸다고 말하는 것이 무슨 의미가 있을까?

"그럼 곡은 어떠세요?"

무티는 신중을 기하려는 듯했지만 아마 그보다는 내게 상처를 주지 않으려고 곰곰이 생각하는 것 같았다.

"솔직히 말하면, 내 생각에는…… 좀 이상하구나! 음악을 들으며 오스카가 피아노를 치고 있다는 생각을 하니 가슴이 찡하지만 예상했던 것만큼은 아니야. 뭐랄까? 이 음악은……, 그러니까 그 사람하고는 전혀 닮지 않았어. Sie ist fremd(낯설게 느껴져)."

나는 어깨를 으쓱했다. 무티는 마음은 따뜻하지만 귀는 트이지 못했다. 그 음악은 틀림없는 아버지였다. 그 이유는 첫째, 아버지가 내게 남긴 유일한 초상이기 때문이다. 둘째, 어떤 음악가의 내면을 파악하는 가장 좋은 방법은 그의 사진을 바라보거나 두 해를 같이 사는 것이 아니라 내면의 목소리를 듣는 것이기 때문이다. 이것은 피에르가 슈베르트에 대해 발표하면서 가르쳐 준 것이다.

봄이 되었다. 무티가 플로랑을 데리고 박물관에 간 어느 수요일 오후, 나는 피에르를 집으로 초대했다.

피에르가 현관에 들어서자 나는 휘파람을 불며 탄성을 질렀다. 옷차림에 꽤 신경을 썼기 때문이다. 피에르는 겸연쩍었던지 나에게 상자 하나를 안겨 주었다.

"음반 몇 장 가져왔어. 너희 아버지와 겨루지 않으려고 시디로."

나는 커다란 상자를 받아 들고 어리둥절했다. 아마도 리코리니가 연주한 슈베르트의 피아노 작품 전집이었다.

"피에르…… 이게 뭐야! 돈이 많이 들었을 텐데!"

"한 푼도 안 들었어."

내가 믿으려 하지 않자 피에르가 다시 말했다.

"정말이라니까!"

피에르는 어울리지도 않게 불량배 흉내를 내며 말했다.

"슬쩍했거든!"

"거짓말!"

"그래, 거짓말이야. 선물로 받은 거야. 그런데 나한테 똑같은 게 있어서, 너한테 주면 좋아할 거라고 생각했어."

내가 피에르의 목을 꽉 끌어안자 피에르는 바보처럼 가만히 있었다.

"피에르, 부탁이 있어."

나는 책상 위에 있는 악보 더미를 가리켰다.

"아빠가 작곡하신 거야. 어떤 것들은 제목은 있는데 날짜가 없고, 또 어떤 것들은 날짜는 적혀 있는데 제목이 없어. 어떻게 분류해야 할지 모르겠어."

"어디 좀 보자."

우리는 얼마 동안 악보를 꼼꼼히 검토했다. 악보마다 첫 페이지 윗부분에 피에르가 연필로 '잔'이라고 쓰고 번호를 붙였다. 피에르의 설명에 따르면 음악가마다 작품에는 연대순에 따른 오푸스 번호가 있다고 한다. 프로코피예프에게는 138개의 오푸스 번호가 있고, 요한 제바스티안 바흐에게는 천 개가 넘게 있다고 한다.

"가끔 오푸스란 말 대신 작품을 연대순으로 정리한 사람의
이름을 쓰기도 해. 예를 들면 스카를라티 작품에는 '롱고'나
'커크패트릭'이라는 이름이 붙고, 슈베르트 작품에는 '도이
치'라는 이름이 붙어. 바흐의 작품에 붙는 'B.W.V.'는 Bach
Werke Verzeichnis의 약자로, 바흐의 작품 번호를 의미하는 거
야."

"그런데 왜 '잔'이라고 썼어?"

"아버지의 작품을 찾아내고 그 순서를 배열한 사람이 바로
너잖아, 안 그래? 서른일곱 곡이나 돼."

"너도 도와줬잖아. 그런데 너한테 부탁하고 싶은 게 또 있
어. 내가 원하는 건…… 음, 아버지가 작곡한 음악을 실제로
듣는 거야. 거기 있는 소나타 중 한 곡을 일부가 아니라 처음부
터 끝까지 듣는 것 말야."

"응……."

피에르는 갑자기 난처해하는 것 같았다.

"넌 음악을 알잖아. 그러니까 그중 한 곡만 연주해 줄 수 없
을까? 저번에 좀 했잖아."

"응, 그런데 말이야, 작품들이 어렵거든. 시간이 좀 필요할
것 같아."

피에르가 내 부탁을 들어주려면 많은 노력이 필요할 것이
다. 오랜 시간을 연습해야 할 테니까. 고등학생이니까 다른 할
일도 많을 테고.

나는 내 본심을 솔직히 털어놓는 것이 좋겠다고 생각했다.

"나는 우리 아빠의 작품을 알리고 싶어. 어떻게 하면 아빠 작품을 살려 낼 수 있을까?"

"연주하고 출판해야 할 거야."

"출판? 악보도 책처럼 출판을 해?"

"물론이지! 어떤 작품을 연주하려면 연주가들이 악보를 사야 하잖아."

"어디서 사는데?"

"악보 출판사에서. 큰 출판사로는 뒤랑 출판사가 있는데 부르스 광장에 있어."

해야 할 일이 분명해졌다.

나는 뒤랑 출판사로 가서 악보를 발견하게 된 경위와 작곡하다 만 음악이 녹음된 테이프가 있다는 사실을 설명하고 악보를 보여 주었다.

출판사 여직원이 잠시 훑어보고 나서 말했다.

"잠깐, 이해가 잘 안 가는데. 그러니까 너희 아버지 오스카 레플렉스 씨가 작곡가였다는 거니? 작품이 연주된 적이 있다는 거야?"

"아니요. 그러니까…… 연주된 적은 없어요. 제가 알기로는 아빠의 작품은 출판된 적이 없어요."

"아, 그건 내가 장담할 수 있어! 오스카 레플렉스라는 이름은 우리가 가진 목록에 없거든."

출판사 여직원이 웃으며 대꾸했다.

"바로 그거예요. 아빠의 음악이 연주될 수 있도록 이 출판사에서 출판하고 싶어요."

여직원은 난처한 것 같았다. 그녀는 조심스럽고 신중하게 설명을 했다. 그 설명에 따르면 우선 출판 비용이 아주 비싸고 대체로 작품이 일단 연주되고 난 뒤, 그것도 여러 번 연주된 경우에 한해 출판이 된다는 것이었다. 먼저 연주가 되어야 악보가 출판되고 악보가 출판되어야 연주할 수 있다니, 연주와 악보 출판은 서로에게 꼭 필요한 요소였다.

"제가 출판 비용을 부담하면요?"

여직원은 동정 어린 눈길로 나를 바라보았다.

"네가 감당할 수 있는 비용이 아닐 것 같은데."

나는 화가 치미는 것을 꾹 참고, 겨드랑이에 악보를 끼고 출판사를 나왔다.

며칠 뒤, 아파트로 들어가려는데 오마 할머니가 계단에서 나를 불렀다. 할머니 집 계단은 우리 집 계단과 가까이 있다. 할머니는 나를 집 안으로 들이더니 신문의 공연란을 보여 주었다.

"여기 좀 봐. 네가 좋아하는 그 피아니스트 아니니?"

내가 좋아하는 피아니스트였다. '폴 니에만 연주회, 4월 12일, 가보 극장, 바흐 · 슈베르트 · 프로코피예프 연주.'

"와, 정말이네! 가야죠."

"누구랑 갈 건데?"

무티는 나 혼자서 외출하는 것을 절대로 허락하지 않을 것이다. 흥분한 나머지 그걸 깜빡했다.

"가만있어 봐요, 할머니. 저한테 생각이 있어요."

"그래? 할 수 없지 뭐. 나한테도 생각이 있었는데 말이야."

가엾은 할머니. 내가 나빴다. 폴 니에만의 첫 독주회에 간 것이 계기가 되어 아버지에 대해 그토록 많은 것을 발견하게 되었으니 어쨌든 할머니 덕분이 아닌가!

벤치에서 피에르를 다시 만났다. 이제 날씨가 꽤 풀려서 밖에서도 이야기를 나눌 수 있었다. 나는 망설이지 않고 단숨에 말을 꺼냈다.

"폴 니에만, 그 얼굴 없는 피아니스트, 너도 알지? 그 피아니스트가 4월 12일 가보 극장에서 연주를 한대."

피에르는 흥미를 느끼는 척하며 내 말에 대꾸하고 있다는 인상이 짙었다.

"어, 그래! 잘됐네. 연주회에 갈 생각이야?"

"무슨 일이 있어도 가 볼 거야. 이번에는 내가 너한테 무언가를 해 줄 차례니까 하는 말인데, 너랑 같이 연주회에 가면 좋겠어."

"잠깐만……. 4월 12일이라고 했지? 마침 부활절 방학 때

아냐?"

"맞아. 왜, 어디 가?"

피에르는 길게 한숨을 내쉬면서 얼굴을 찌푸렸다.

나는 최악의 경우를 상상했다. 피에르는 나랑 가고 싶지 않은 거야. 어쩌면 다른 여자애랑 갈지도 몰라. 하지만 피에르는 어떤 이유도 대지 않았다. 모욕당한 기분이었다.

그때부터 우리 사이에는 약간 냉기가 돌았고 조금 서먹서먹해졌다.

내가 씩씩거리며 다음과 같이 말하자 가장 반긴 사람은 오마 할머니였다.

"가보 극장에서 열리는 연주회 말인데요, 뭔가 생각이 있다고 하셨죠?"

"아니, 너한테 계획이 있다면서 ……."

"안 좋은 생각이었어요. 확실히 할머니 계획이 더 나아요."

"그럼 나랑 같이 음악회에 갈까?"

나는 할머니 품에 와락 달려들었다. 할머니는 나를 실망시키는 법이 없다. 할머니들은 때때로 많은 슬픔을 위로해 준다.

부활절 방학이 시작되기 전 화요일, 피에르는 변함없이 벤치에서 나를 기다리고 있었다. 이야기 나누고 싶지 않아 다른 길로 돌아가려고 했지만 돌려줄 음반이 있었다. 썩 내키지는 않았지만 피에르 곁으로 가서 앉았다.

피에르는 약간 서먹해하며 독주회 표를 샀는지 물었다.

"응, 두 장 샀어. 하지만 맨 앞줄은 아니야. 예약이 늦어서 거의 매진된 상태였거든. 그런데 그건 왜 물어?"

잠깐 동안이지만, 나는 피에르가 마음을 바꿨거나 혹은 흥미를 느끼게 된 거라고 믿었다.

"으응, 그냥. 아무것도 아니야."

나는 곧바로 일어섰다. 부활절 방학 때 어디에 갈 건지도 묻지 않았다. 하지만 피에르는 내게 물었다. 연주회에는 누구랑 같이 갈 거냐고.

폴 니에만의 연주회

오마 할머니와 나는 아주 일찍 연주회장에 도착했다. 연주회장 분위기는 들떠 있었고 어딘지 모르게 여느 때와 조금 달랐다. 주위에 있던 관객들은 거의 모두가 폴 니에만에 대한 이야기를 나누고 있었다. 나처럼 그의 데뷔 연주회를 관람했거나 아니면 이 젊고 재능 있는 피아니스트에 대한 좋은 평판을 들었기 때문일 것이다.

나는 할머니에게 오페라글라스를 가져와 달라고 부탁했었다. 연주회 1부가 진행되는 내내 나는 할머니의 오페라글라스를 눈에서 떼지 않았다. 그러나 긴 머리카락에 가려진 피아니스트의 얼굴은 끝내 볼 수 없었다.

폴 니에만은 첫 연주회 때보다 한결 느긋해 보였다. 그는 무

대 앞쪽으로 잠깐 나와 인사한 다음 바로 피아노 앞으로 가서
앉았다. 연주가 시작되기도 전에 벌써 열광한 청중이 우렁차
게 박수를 쳐 댔지만, 그는 무관심한 듯했다. 폴 니에만이 숙연
한 정적을 깨고 연주하기 시작했다. 나는 오마 할머니에게 소
곤소곤 말했다.

"바흐의 〈골트베르크 변주곡〉이에요."

아버지와 피에르의 음반 덕분에 나는 이미 이 작품의 두 가
지 다른 연주를 알고 있었다. 폴 니에만의 연주는 글렌 굴드*의
연주에서 느꼈던 감동을 떠올리게 했다. 〈골트베르크 변주곡〉
의 구조와 맑은 선율이 선명하게 다가왔다. 청중도 나와 같은
의견이었던지 폴 니에만에게 우레와 같은 박수갈채를 보냈다.

폴 니에만이 청중에게 인사를 하고 플래시 세례가 퍼부어지
는 동안 다시 한 번 얼굴을 보려고 시도했지만 볼 수 없었다.

"네 피아니스트의 연주 솜씨가 대단한데. 얼굴을 숨겨서 유
감이지만, 그래도 귀여워 보이는구나."

나는 오마 할머니의 약간 고상하지 못한 견해를 너그럽게
받아들였다. 할머니는 실생활에서든 텔레비전을 보면서든 사
람을 우선 외모로 평가한다. 어떤 사람이 잘생겼거나 당신 취
향에 맞게 옷을 입었으면 급격히 호감을 가진다.

---

*Glenn Gould(1932~1982). 1955년에 녹음된 그의 〈골트베르크 변주곡〉
음반은 역사상 최고의 명반 중 하나이다.

"할머니, 제 피아니스트가 아니에요."

지금까지 폴 니에만은 어느 정도 내 피아니스트였다. 내가 그를 발견했으니까. 하지만 이제 폴 니에만은 스타가 되었다. 유명해져서 나를 벗어난 것이다.

연주회 2부는 슈베르트의 〈즉흥곡 4번〉으로 시작되었다. 짧고 매혹적인 곡에 이어 프로코피예프*의 〈소나타 4번〉이 연주되었다. 나는 그제야 처음으로 20세기 음악이 쉽고 친숙하게 느껴졌다. 빠른 리듬, 귀에 거슬리는 대담한 멜로디, 파격과 규칙의 멋진 융합을 느낄 수 있었다.

청중이 왜 특히 이 곡에 환호했는지는 잘 모르겠다. 아마 프로그램의 마지막 곡이라서 그랬을 것이다.

사람들이 일어서서 환호하며 큰 소리로 앙코르를 외쳤다. 나도 박수를 보냈다. 폴 니에만은 다시 무대로 나왔고 곧 조용해지자 다시 연주하기 시작했다. 처음 몇 소절의 화음을 듣는데 순간 이 작품이 아버지의 작품과 비슷하다는 것을 확신했고 비슷한 감동을 느꼈다. 누가 이 곡을 작곡했을까?

나는 점차 무모한 생각에 빠져들었다. 만약 폴 니에만이 그 곡을 앙코르 곡으로 선택했다면 그것은 그 곡을 좋아하기 때문일 것이다. 그렇다면 틀림없이 우리 아버지의 소나타들도

---

*Sergei Prokofiev(1891~1953). 러시아의 대표적 작곡가로 혁신적인 작품들을 많이 발표했다.

좋아하지 않을까. 아마 그럴 거야! 누군가가 아버지의 음악을 연주하게 된다면 그건 바로 얼굴 없는 나의 피아니스트일 것이다!

나는 벌써 폴 니에만을 만나 내 생각을 설명하기 위한 전략을 구상하기 시작했다. 쉽진 않겠지만 꼭 해내고야 말겠어!

청중은 앙코르 곡에 열광적인 박수를 보냈다. 나는 사람들의 열광에 휩쓸리지 않고 계획에 골몰했다. 곁에 있던 오마 할머니가 물었다.

"앙코르 곡 좋았니? 그러니까…… 그것도 음악이라고 한다면 말이다!"

나는 장내가 떠나갈 듯이 박수를 치고 있는 옆 사람에게 불쑥 물었다.

"실례합니다만, 이 곡의 제목을 아세요?"

"모르겠어요. 폴 니에만이 만든 곡일 가능성이 높아요. 아주 훌륭하네요."

"할머니, 나가요. 아니, 여기서 잠깐 기다리세요."

홀에서 안내원에게 피아니스트를 만나 축하 인사를 전할 수 있는지 물어보았다. 안내원은 연주자 대기실로 가는 길을 가르쳐 주었다. 그러나 유감스럽게도 벌써 스무 명쯤 되는 사람들이 몰려와 있었다. 그리고 턱시도 차림의 키 큰 남자가 부채처럼 두 팔을 휘젓고 있었다.

"안 됩니다……. 폴 니에만은 여러분을 만나지 않을 겁니다. 그는 아무도 만나고 싶어 하지 않습니다."

몇몇 사람은 고집을 부리다가 따졌고, 두서 없이 질문을 퍼부어 댔다.

나는 포기했다. 폴 니에만이 신문기자들과의 만남도 거절하는 마당에 알지도 못하는 열여섯 살짜리 소녀를 왜 만나겠어? 만나 줄 리가 없지. 그 대신 다음에는(다시 기회가 오리라는 것을 의심하지 않았다) 악보를 가지고 와서 만나 달라고 할 생각이었다. 출구에서 기다려야지. 어떻게든 만나서 이야기하고 설득하고 말 거야…….

나는 벌써 내가 할 말들을 속으로 되뇌고 있었다.

부활절 방학이 끝나고 화요일이 되어 벤치에서 피에르를 다시 만났다. 피에르가 물어 왔다.

"폴 니에만 독주회는 어땠어?"

"아주 좋았어."

나는 약간 냉랭하게 대답했다.

피에르는 내가 자세하게 말하지 않으리라는 것을 알아차렸다. 우리의 대화는 짤막짤막했고 시시했다. 피에르는 급한 공부가 있다는 핑계를 대면서 먼저 자리를 떴다.

그 뒤로 나는 신문을 살펴보았다. 오마 할머니에게도 신문과 잡지를 자세히 보라고 부탁해 두었다. 특히 감동적이었던 그 앙코르 곡을 작곡한 사람이 누구인지 알고 싶었다. 할머니

가 구독하는 석간지엔 호평이 몇 줄 실렸지만 『텔레라마』에는
아무런 언급도 없었다.

그런데 어느 날 할머니가 의기양양하게 잡지 한 권을 내밀
었다.

"여기 좀 봐라! 네 피아니스트에 대한 기사가 났어!"

"이거 무슨 잡지예요?"

"『클라시카』. 신문 파는 사람이 나더러 전문 잡지를 보라고
하던데 그 사람 말이 맞구나."

나는 서둘러 기사를 읽었다.

폴 니에만, 뛰어난 자질의 피아니스트.

몇 달 전까지만 해도 무명이었던 젊은 피아니스트가 4월
12일 수요일에 가보 극장을 청중으로 가득 채웠다. 우리는
이미 첫 연주회 때 그의 감성을 (특히 슈베르트 곡의 연주에
서) 느낄 기회가 있었다. 이번에는 그가 요한 제바스티안 바
흐의 까다로운 〈골트베르크 변주곡〉으로 훌륭한 연주를 들
려주었다. 물론 이 곡 하면 글렌 굴드의 연주가 떠오르는데,
폴 니에만은 굴드의 독창성과 탁월한 기량을 겸비하고 있다.
폴 니에만이 더욱 놀라운 연주 솜씨를 보여 준 것은 두 곡의
현대 작품에서였다. 우선 프로코피예프의 〈소나타 4번〉의 강
렬한 연주를 들 수 있다. 폴 니에만이 제시한 해석은 하나의

새로운 기준이 될 수 있을 것이다. 그의 연주가 보여 준 활력과 격정, 풍자 그리고 사실성은 아직 거의 알려져 있지 않은 이 작품에 새 지평을 열었다. 이어서 피아니스트가 앙코르 곡으로 연주한 소나타 작품은 일대 사건이었다. 루치아노 베리오나 자크 샤르팡티에 등 다양한 작곡가의 영향을 받은 것으로 보이며 힘과 독창성이 어우러진 이 작품은, 우리가 알기로는 연주회에서 한 번도 연주된 적이 없는 곡이다. 폴 니에만이 작곡한 곡이 아닌가 추측된다.

이 젊은 피아니스트는 자신을 둘러싼 비밀을 즐기는 듯하다. 우리는 그의 얼굴조차 모르는데, 그는 인터뷰에 일절 응하지 않고 있다. 아마도 리코리니(폴 니에만은 몇 년 전부터 그의 제자다)가 밝힌 바에 따르면, 폴 니에만은 재능을 확실히 인정받을 때까지는 자신의 존재를 알리고 싶어 하지 않는다고 한다.

올해가 다 가기 전에 유명 음반 회사에서 그의 음반을 취입할 것이라고 내기를 걸어도 좋다. 그 이유는 사람들이 특히 20세기 말의 연주 곡목에서 폴 니에만의 연주를 다시 듣기를 몹시 갈망하기 때문이다. 그는 상송 프랑수아의 뒤를 이어 우리 시대가 낳은 피아노의 거장이 될 수 있을 것이다.

나는 피에르에게 그 기사를 보여 주지 않았다. 이야기 도중에 그저 대수롭지 않다는 듯이 말했을 뿐이다.

"폴 니에만 있잖아, 그 유명한 피아니스트 말이야……. 그 사람이 작곡가이기도 하대!"

피에르는 언뜻 보면 거만해 보일 수도 있는 미소를 띠며 가볍게 웃었다.

"그 사람, 아직은 유명하지 않아. 몇 년 뒤에는 그럴 수 있겠지만 그건 나중 얘기야. 그가 작곡을 한다, 그러니까 명연주가이자 작곡가라는 말인데 그게 가능할까……. 그렇다면야 굉장한 일이지. 그렇다 해도 그 사람이 모차르트는 아니야!"

나는 화제를 바꾸었다.

피에르의 집에서 보낸 오후

한 주가 지난 뒤, 나는 무티의 반응도 알아볼 겸 느닷없이 선언했다.

"내일 오후에 피에르네 집에 갈 거예요. 피에르 데로 말이에요."

"잘됐구나. 졸업 시험이 한 달 반 뒤인 건 아니? Du weißt es(그 사실, 알고 있는 거야)?"

이게 바로 무티의 방식이다. 어떤 것도 드러내 놓고 금하는 법이 없고 어떤 충고도 하지 않지만, 비난이자 경고에 해당하는 정확한 지적을 하는 것이다.

나는 친구도 거의 만나지 않고 일주일 내내 공부한다. 우리 가족은 외출하는 일도 드물다. 게다가 나는 수학을 제외한 대부분의 과목에서 중간은 되고 국어와 외국어 성적은 상위권이다. 고등학교 진학에는 전혀 문제가 없다. 그런데도 무티는 성이 차지 않는 모양이다.

피에르는 정성을 다해 날 맞아 주었다. 피아노가 당당하게 버티고 있는 커다란 방에 성대하게 상을 차려 놓고, 나지막한 탁자에는 꽃을 꽂아 두었다.

피에르의 부모님도 있었다. 우리는 함께 차와 주스를 마셨다. 피에르의 어머니는 지난번처럼 차갑고 무관심한 표정으로 나를 지켜보기만 했다. 반면 피에르의 아버지는 유난히 자상하고 정이 많아 보였으며, 시원시원한 이목구비에 쓸쓸한 듯한 미소를 띤 50대의 남자였다.

"피에르가 그러던데 아버지가 녹음기사셨다며? 놀랍구나……. 세상 참 좁기도 하지. 나도 젊었을 때 메종드라라디오에 자주 드나들었거든. 어쩌면 네 아버지와 내가 같은 시간에 같은 장소를 드나들었을지도 모르겠구나."

"그래요? 우리 아빠와 알고 지내셨을 수도 있을까요?"

"아니, 네 아버지 이름은 전혀 기억이 나지 않더구나. 하지만 나중에 'I.R.C.A.M.'에서 함께 일했을 수도 있지. 나는 몰랐지만 말이다. 네 아버지가 살아 계신다면 우리는 아마 비슷한 나이일 거야."

"'I.R.C.A.M.'이라니요?"

"퐁피두 센터 근처에 있는 현대 음악 연구소를 말한단다. 나는 거기서 많은 음악가들을 만났지. 내가 작곡가가 되려고 했던 시절에 네 아버지는 아마 거기서 내 작품을 녹음하셨을 거야."

"작곡가가 되려고 하셨다고요? 지금 이미 작곡가시잖아요!"

"내가? 아니다. 나는 시시한 텔레비전 드라마 음악을 만들 뿐이지. 생계 수단으로 말이야. 그나마 다행스러운 건 내 음악은 드라마가 끝남과 동시에 사람들에게서 잊힌다는 사실이지."

마치 벌레라도 쫓으려는 듯, 아니면 더 이상 말할 가치도 없다는 듯 피에르의 아버지는 손으로 허공을 휘저었다.

"피에르가 네 아버지 음악을 들려주더구나. 작곡가라고 부를 만한 사람은 내가 아니라 네 아버지야."

아버지에 대한 칭찬을 듣자 나는 얼굴이 빨개졌다

"게다가……."

피에르의 어머니도 거들고 나섰다.

"우리 집에는 전에 네 아버지가 녹음하신 음반이 많단다. 자, 그럼 우리는 자리를 비켜 주마. 피에르, 식탁은 네가 치울 거지?"

부인은 곧 남편에게 신호를 보내 휠체어를 밀게 했다. 두 분이 나가자 나는 피에르를 도와 식탁을 치우려고 했다. 그러나 피에르는 고개를 저으며 나를 소파에 강제로 앉히다시피 했다.

"아니, 괜찮아. 실은 너에게 음악을 몇 곡 들려주고 싶었어. 음악 틀 테니까 여기 가만히 앉아 있어."

피에르는 시디플레이어에 시디를 넣고 식탁을 치우러 갔다.

갑자기 힘찬 호른 소리가 터져 나오더니 길고 웅장한 주제를 연주했다. 곧 이어서 오케스트라 전체가 나와 장중하고 힘찬 화음을 한 음 한 음 끊어서 점점 크게 연주했다. 이어서 그 주제가 사라지고 몹시 불안한 일종의 장송 행진곡이 흘러나왔다. 장송곡 중간에 신의 경고처럼 트럼펫 소리가 불쑥불쑥 들려왔다. 멋지고 장엄한 음악이었다.

앰프의 성능이 좋아 연주회장에서처럼 오케스트라가 가까이에 있는 것 같았다. 낯선 음악을 들으며 나는 강한 전율을 느꼈다.

피에르가 불쑥 물었다.

"좋아?"

"응, 굉장히 멋있어! 어떤 음악이야?"

"구스타프 말러의 〈교향곡 3번〉이야. 사람들은 이 작품에 감동을 느끼기도 하고 그렇지 않기도 해. 어쨌든 이 음악을 느낄 수 있으면 다른 세계로 들어가는 거야. 그런 것 같지 않아?"

사실이었다. 지금도 그 교향곡의 처음 부분을 들으면 그날 오후에 나를 사로잡았던 감동이 되살아난다.

피에르는 2악장은 들려주지 않았다.

"오케스트라는 피아노와는 달라, 안 그래?"

피에르는 내 옆에 있는 소파로 와서 앉았다.

"여태까지 교향악단이 연주하는 대규모 음악회에는 한 번도 가 보지 않았지?"

"안 가 봤어."

"네게 그 기회를 마련해 주고 싶어. 그러니까……."

피에르는 거기서 말문이 막혀 자꾸 같은 말만 입속에서 우물거렸다. 피에르를 도와 그 말의 진의를 가리고 있는 거추장스러운 껍질을 벗겨 주고 싶은 마음이 들었다. 피에르가 뭔가 다른 이유로 괴로워하는 것 같았기 때문이다.

"너한테 실제로 오케스트라 연주를 들려주고 싶은데……. 어때?"

나는 무슨 일인지도 모르면서 그러자고 했다. 피에르는 내게서 시선을 돌린 채 미묘한 제안임을 감추려는 듯 거의 기계적으로 말했다.

"이번 주 토요일에 열리는 음악회 표가 두 장 있어. 연주회 프로그램을 보니까 현대 음악과 친숙해질 수 있는 기회가 될 것 같아. 너도 좋아할 거야. 적어도 관심은 가지게 될 테고."

미리 준비된 대사임에 틀림없었다. 피에르는 대사를 달달 외운 풋내기 연극배우처럼 그 말을 줄줄 읊었다.

"사정이 여의치 않으면 그만두고. 기회는 또 생길 거야. 하지만 네가 처음으로 오케스트라 연주회에 가는 거라 너와 함께하고 싶어서……. 그래, 그뿐이야!"

피에르는 비스킷 통을 열려고 안간힘을 썼지만 열지 못하고 있었다. 나는 피에르의 손을 잡아 멈추었다. 전혀 배가 고프지 않았기 때문이다. 나는 몹시 감격해서 무슨 말을 해야 할지 생각이 나지 않았다. 마침내 피에르가 고개를 들고 어색한 듯 슬픈 눈길로 나를 바라보며 중얼거렸다.

"지난번에는 우리가 서로 엇갈린 느낌이야. 그런 일이 다시는 생기지 않았으면 좋겠어. 토요일 연주회에 갈 수 있겠어?"

나는 피에르의 손을 여전히 잡고 있었다.

"응, 갈 수 있어. 피에르, 고마워. 교향악 연주회에 가게 돼서 무척 기뻐."

"연주회는 너희 아버지가 일했던 그 유명한 메종드라라디오에서 열릴 거야. 104호 스튜디오야. 생각해 봤는데……."

피에르는 갑자기 자기 손 위에 놓여 있는 내 손을 느꼈는지, 아니면 내 놀란 표정에 당황했는지 말을 하다 말았다.

그 순간, 나는 엉뚱하게도 뭔가 뜻밖의 일이 일어나기를 기대하며 어색한 침묵이 흐르도록 내버려 두었다. 그런데 피에르가 그 달콤한 순간을 깨고 벌떡 일어섰다.

"잠깐만. 네가 말러를 좋아하는 것 같으니까 이 곡도 들려주고 싶은데……."

피에르는 시디플레이어에 다른 시디를 넣었다.

나는 말러의 작품이라는 것을 금방 알 수 있었다. 작곡가들에게는 작가처럼 저마다의 스타일이 있다. 선율 위로 불쑥 노랫소리가 들려왔는데 가늘면서도 힘찬 음색이었다.

내가 말이 없자 피에르가 조심스럽게 속삭였다.

"캐슬린 페리어야. 그녀가 죽은 뒤로는 그만한 성악가가 없어."

나는 매료된 채 듣고 있었다. 피에르가 시디 재킷을 건네주었다. 말러의 〈한탄의 노래〉였다.

나는 눈을 감고 음악에 젖어들었다.

그 곡이 끝나고 곧 이어서 피아노 소리가 들렸는데, 이상하게도 선율의 연결이 아주 자연스러웠다. 조금 뒤에야 문득 그 곡이 아버지가 작곡한 세 개의 미완성 소나타 가운데 하나라는 것을 깨달았다!

눈을 떴다. 피에르가 피아노를 치고 있었다. 등을 돌리고 있는 그 애의 모습이 보였다.

그 곡들이 원래부터 이어져 있는 것이었을까? 내가 이상했던 걸까? 내가 조금씩 무감각하거나 편안해졌던 것일까? 나는 다른 세계, 다른 시간 속으로 옮겨 간 느낌이었다. 피아노를 치는 사람도 더 이상 피에르가 아니었다. 얼굴 없는 피아니스트 또는 우리 아버지였다. 아니면 누구인지 알아볼 수는 없지만 내가 사랑하고 존경하면서도 다가갈 수 없는, 그 두 사람을 결합한 듯한 어떤 존재였다.

꿈 같은 환상은 음악이 갑자기 칼에 잘린 듯 끝날 때까지 계속되었다.

마침내 피아니스트가 몸을 돌렸다.

피에르였다.

고맙다는 말을 어떻게 해야 할까. 나는 더듬더듬 말했다.

"처음에는 녹음 테이프를 틀어 주는 줄 알았어. 어떻게 된 거야?"

"으응, 카세트테이프에 전부 녹음했어. 그런 다음, 보고 연습할 수 있도록 다시 악보에다 옮겨 적었어……."

"아니, 그 말이 아니라 네 연주가 우리 아빠 연주 솜씨와 똑같았다는 거야!"

"들어 보고 흉내 냈을 뿐이야."

이 소나타를 연습하는 데 피에르가 쏟았을 노력과 시간을 헤아려 보았다.

그러다 문득 시선이 괘종시계에 닿았다. 시간이 벌써 이렇게 됐나? 아주 늦은 시각이었다. 무티가 적어도 한 시간은 기다리고 있을 것이다.

나는 서둘러 일어섰다. 피에르가 악보를 내밀었다.

"여기, 내가 옮겨 적은 악보야. 네가 다른 악보에 이 악보를 추가하고 싶어 할 것 같아서."

"피에르, 네 덕분에 멋진 오후를 보냈어. 내가 너한테 너무 못되게 굴었어. 넌…… 넌 정말 좋은 애야."

나는 벌써 문 앞에 와 있었다. 더 이상 할 말이 떠오르지 않았다. 피에르는 가슴을 파고드는 듯한 눈길로 나를 가만히 바라보고 있었다……. 나도 모르게 손으로 피에르의 얼굴을 감싸 쥐고 재빨리 입을 맞추었다. 그러고는 뒤도 돌아보지 않고 현관문을 밀치고 밖으로 나왔다.

내 입술에 남은 피에르의 입술 감촉을 되도록 오래오래 간직하기 위해 나는 아주 천천히 집으로 돌아왔다.

〈봄의 제전〉

다음 날 운동장에서 피에르를 찾아보았지만 헛일이었다. 토요일이 오기 전에 꼭 만나야 했다. 하지만 먼저 전화할 용기는 나지 않았다. 다음 주 화요일이 되기 전에는 우리의 벤치에서 만날 수 없을 것이다. 결석했나? 어디 아픈가? 아니면 마음이 변했을까? 입맞춤을 한 게 실수였어. 아마 놀랐을 거야. 나는 별의별 생각이 다 들었다.

금요일 저녁, 내 방에 있는데 무티가 문을 두드렸다.

"잔 있니? 전화 왔어."

피에르였다. 문득 마음을 짓누르던 짐에서 벗어난 듯 홀가분해졌다.

"내일 연주회에 가는 거 마음 변하지 않았지?"

"물론이야! 그런데…… 아직 엄마한테 말 못했어."

"방금 내가 말씀드렸어. 네가 미리 말씀드리지 않아서 처음에는 놀라셨지만 곧 허락해 주셨어."

피에르에게 뭐라고 말해야 할지 몰랐다. 피에르가 먼저 말을 해 주다니, 몹시 기뻤다. 토요일의 외출에 대해 무티에게 구구절절 설명할 필요가 없게 되었으니까. 한편 내 자신이 비겁하게 느껴지기도 했다.

"내일 저녁 8시에 데리러 갈게. 연주회가 끝나면 다시 바래다 주고."

저녁을 먹는 동안 무티는 아무 말도 하지 않았다. 그러나 나는 너무 기쁜 나머지 누군가에게 털어놓지 않을 수가 없었다. 그건 오마 할머니였다. 할머니는 내게 특별한 존재다. 할머니에게는 어떤 말이든 할 수 있다. 할머니가 충격받는 일은 결코 없으니까.

토요일 저녁, 8시 전에 피에르가 왔다. 와이셔츠를 입고 가벼운 재킷에 넥타이를 매고 있었다. 젊은 신랑의 옷차림 같다고나 할까. 사실은 나도 잔뜩 치장을 했다. 스웨터, 재킷, 치마, 바지 그리고 여러 가지 정장을 이것저것 입어 보느라 족히 한 시간은 보냈다. 그러다 결국 무티가 연주회 분위기에 맞는 실크 블라우스를 빌려 주었다.

지하철에서 우리는 마주 앉았고 피에르는 나를 바라보았다.

지하철이 급정거하는 바람에 우리는 서로 앞으로 쏠렸다. 피에르가 그 틈을 타 내 귀에 대고 속삭였다.

"아가씨, 무척 아름다우시군요."

라디오 방송국에 도착할 때까지 우리는 거의 아무 말도 하지 않았다.

104호 스튜디오는 스튜디오 같지 않고 평범했는데 반원형의 넓은 계단식 극장이었다. 우리는 무대 앞으로 불룩 튀어나온 발코니의 첫 번째 줄 정면에 있는 가장 좋은 두 개의 좌석에 앉았다.

피에르가 설명해 주었다.

"여기가 오케스트라 전체를 볼 수 있는 가장 좋은 자리야. 그리고 이 정도 높이라야 음향 효과도 좋고."

오케스트라 단원들이 들어와 자리를 잡자 연주회장이 꽉 채워졌다. 이어서 작달막하고 딱 벌어진 체구에 서글서글한 미소를 띤 지휘자가 나타났다. 내가 텔레비전에서 보았던 지휘자들보다 젊은 사람이었다.

"라파엘 프뤼베크 데 부르고스야."

피에르가 말했다.

"스페인 사람인데 특히 마누엘 데 파야의 작품 연주로 유명해."

연주회는 20세기 프랑스 작곡가 자크 이베르의 〈교향 모음곡〉으로 시작되었다. 프로그램을 보면서 나는 왜 피에르가 꼭

이 연주회에 같이 오고 싶어 했는지 깨달았다. 〈기항지〉라는 이 작품의 각 부분엔 도시 이름이 붙어 있었다. 그러니까 작품에 도시 이름을 붙인 사람이 우리 아버지만은 아니었던 셈이다!

걱정했던 것과는 달리 전혀 생소하지 않았다. 음악회는 생동감이 넘치고 매력적이고 유쾌한 분위기였다. 특히 오케스트라는 특별한 입체감이 있었다! 집에서 오디오로(성능이 좋은 것이라 해도) 듣는 것과는 비할 바가 아니었다. 게다가 현장에서는 즉흥적으로 어떤 일도 일어날 수 있고…….

연주 곡목을 잘 아는 피에르는 이따금 내 귀에 대고 트럼펫이나 하프 그리고 심벌즈 같은 악기가 즉흥적으로 나오기 바로 전에 그 악기들을 하나씩 지적해 주었다. 연주가 끝나자 박수갈채가 터져 나왔다.

"현대 음악이 이런 거야? 멋진데! 맘에 들어! 우리 아빠가 작곡한 곡들보다 훨씬 쉬운 것 같아."

"맞아. 하지만 〈기항지〉는 반 세기 이상 지난 곡이야. 아 참, 지난번에 네가 유명한 피아니스트 이야기를 했지. 자, 그럼 기대해 봐. 거장이 한 사람 나올 테니까."

박수갈채 속에 다시 관현악단원들과 지휘자가 나와서 자리 잡았다.

이어서 다소 신경질적으로 보이는 여윈 체격의 노인이 냉소적인 미소를 띠고 무대 앞쪽으로 걸어 나와 청중에게 인사를 했다.

"저 사람 어디서 본 얼굴인데."

"맞아. 네가 처음으로 갔던 독주회 포스터에서 본 사람이야."

"그래, 아마도 리코리니!"

"생상스의 〈피아노 협주곡 2번〉을 들려줄 거야."

피에르의 말이 맞았다. 리코리니는 명연주가였다. 리코리니의 연주는 아주 편안하고 자연스러워서 그가 연주하는 곡은 쉽게 느껴졌다. 어려운 곡들을 힘들이지 않고 자유자재로 연주했다.

피아니스트와 지휘자 그리고 관현악단원들이 공모한 듯 하나가 되어 서로 대화를 나누었다. 3악장과 4악장에서 피아노 음이 오케스트라의 빠른 연주와 메아리를 이루며 힘차게 들려왔다. 피날레까지 모든 것이 완벽했다.

청중은 훌륭한 연주에 열렬한 박수를 보냈다. 리코리니는 청중에게 답례하기 위해 여러 차례 나와야 했다. 무대를 떠나기 전에 리코리니가 청중을 향해 정겹게 손짓했다. 그 손짓은 친밀감마저 주었지만, 왠지 나는 약간 소외된 듯한 느낌이 들었다. 나이 많은 피아니스트와 그의 청중은 여러 해 전부터 서로 잘 아는 사이였고 일종의 친근함으로 맺어져 있는 듯했다.

그래서 나는 잠깐 스쳤던 생각을 포기했다. 아버지의 악보를 거장에게 보여야겠다고 생각했는데 그건 안 될 말이었다. 리코리니는 내가 다가갈 수 없는 피아니스트였다. 하지만 젊은 니에만의 경우는 아직 그렇지 않다.

중간 휴식 시간이 되자 나는 피에르에게 리코리니의 연주와 연주곡에 대한 소감을 털어놓았다.

"잠깐, 이제 자유곡이 연주될 거야. 그 곡은 20세기의 음악계를 뒤흔든 작품이야."

"〈봄의 제전〉을 말하는 거야? 하지만 그 곡은 1913년에 나왔잖아!"

"당시에 스트라빈스키는 큰 물의를 일으켰어. 선율과 리듬에서 그처럼 원시적이고 새로운 음악은 누구도 들어 본 적이 없었거든. 첫 발표회 때 그 곡이 연주되자 청중이 퍼붓는 야유 소리에 악기 소리는 곧 파묻혀 버렸고, 많은 청중이 연주 도중에 연주회장을 떠났대. 몇몇 사람은 기절하기도 했다나 봐."

"내가 그렇게 되면 안 되는데. 내가 충격을 견딜 수 있도록 도와줘."

우리는 서로 손을 잡았다. 이렇게 손을 잡고서라면 어떤 음악이라도 들을 수 있을 것 같았다.

정말 〈봄의 제전〉은 잊을 수 없는 감동을 주었다!

서곡 부분은 놀라울 건 없지만 신비한 분위기에 빠져들게 했는데, 그 분위기는 불안하다기보다는 당혹스러웠다. 그러다가 오케스트라는 갑자기 스타카토로 리듬만 나타내다가 이윽고 소리가 커지면서 마침내 으르렁거리는 불협화음으로 폭발했다. 사방에서 들리는 소리로 귀가 먹먹했다. 시선을 어디다 두어야 할지도 알 수 없었다. 뜻하지 않은 순간에 트럼펫이 노호하고, 트롬본은 날카로운 소리를 내고, 삐걱거리는 바이올린은 소름 끼치는 선율로 흐느낌 소리를 냈다.

나는 정말 기괴하고 현기증을 일으키는 엄청난 소리의 바다에 휩쓸렸다. 청중이 이 음악을 듣고 얼마나 충격을 받고 분노했을지 알 것 같았다. 오늘날에 들어도 여전히 대담하고 창의력이 넘치지 않는가!

오케스트라가 연주를 멈추고 폭발적인 마지막 음의 메아리가 잦아들자 우레와 같은 박수가 터져 나왔다. 나도 같이 박수갈채를 보냈지만, 마치 긴 장애물 경기를 끝내고 났을 때처럼 기진맥진한 느낌이었다.

청중이 자리에서 일어나 흩어지면서 소곤소곤 스페인 지휘자의 연주를 칭찬했다. 피에르가 사람들 틈에서 물었다.

"좋았어?"

나는 대답 대신 피에르에게 몸을 기댔다. 나는 그날 밤의 감동을 되도록 오랫동안 간직하고 싶었다. 그 감동은 여러 가지 모습이었지만 그 중심에는 피에르가 있었고, 나는 그러한 피에르를 오래 기억하고 싶었다.

툴루즈로!

그 잊지 못할 연주회가 있던 밤, 피에르와 나는 못내 아쉬워하며 헤어졌다. 그리고 그 달, 그러니까 5월 말에는 거의 만나지 못했다. 선생님 몇 분이 시험에 동원되어 빠지는 바람에 시간표가 바뀌었기 때문이다. 나는 자주 시간이 비어 한가했지만, 피에르에게 이따금 전화를 하면 아직 정리해야 할 과목이 남아 있다는 핑계를 대며 벤치에 나오지 않았다. 왠지 피하는 듯한 느낌이 들었다.

우연히 프랑스뮈지크에서 6월 초에 폴 니에만의 연주회가 열릴 거라는 소식을 듣게 되었다. 연주회는 툴루즈 곡물 시장 연주회장에서 있을 예정이었다. 이 기회를 놓친다는 건 있을 수 없는 일이었다. 그러나 무티의 의견은 달랐다. 달라도 아주 달랐다.

"뭐라고? 툴루즈에서 열리는 연주회라고? 잔, 그건 말도 안 돼! 아니, 왜 도쿄나 필라델피아에도 가 보지그래?"

"어쨌든 갈 거예요. 그 피아니스트에게 아빠의 악보를 보여 줘야 하거든요."

"우편으로 부치렴!"

"어느 주소로 부치죠? 아니에요. 그 사람을 만나서 설명을 해야 해요. 직접 그 사람 손에 전해 주고 싶어요."

무티는 짜증을 내며 어깨를 으쓱해 보였다.

"좋아. 그런데 그 일이 그렇게 급하니? 폴 니에만의 마지막 연주회도 아니잖아! 2학기 개학할 때쯤이면 틀림없이 파리에 서도 연주하게 될 거야."

"몇 달 후면 그 사람은 더 유명해져서 만나 볼 수조차 없게 될 거예요. 지금도 이미 늦었는지 몰라요."

무티는 기분이 좋지 않을 때면 늘 짓는 표정을 지었다. 간혹 무티는 나만큼 고집을 부린다. 무티는 내가 고집부려 봐야 아 무 소용 없을 거라는 사실을 알리려고 애썼다.

"잔, 그건 엉뚱한 생각이고 정신 나간 짓이야. 내가 네 변덕 들을 참아 주고 있다는 건 너도 알 텐데……. 하지만 이번에는 안 돼, das nicht(말도 안 되는 소리야)!"

하지만 다행스럽게도 내게는 든든한 지지자가 있었다.

화요일이 되자 벤치에서 피에르를 다시 만났다. 하지만 만나자마자 바로 내 문제를 이야기한 게 잘못이었다. 피에르의 환한 얼굴이 금세 변했다. 피에르는 난처한 기색을 감추려고 하지 않았다.

"잠깐만, 잔. 혹시 내가 너하고 툴루즈로 같이 갈 거라고 기대하는 건 아니겠지? 다른 일도 아니고 단지 그…… 폴 니에만의 연주회 때문에?"

아버지의 악보를 전달하려는 내 진짜 의도를 피에르에게 털어놓아 봤자 무슨 소용이 있을까? 피에르의 망설이는 태도를 보자 불현듯 오래전부터 품어 왔던 의심이 고개를 들었다. 피에르는 나를 단념시킬 만한 그럴듯한 이유들을 늘어놓았다.

"어머니한테 말할 거야? 어머니가 허락하실 것 같아? 너희 어머니가 이 나라 다른 쪽 끝에서 단둘이 주말을 보내라고 축복해 주실 것 같아? 너희 어머니가 '피에르, 너를 믿어. 우리 딸을 데리고 기차를 타고 떠나도록 해. 자, 여기 음악회 비용하고 여비를 받아! 참, 호텔비도 있어야겠지?' 이렇게 말해 주실 것 같아?"

분노와 슬픔이 끓어올라 폭발할 것 같았다. 맞아, 내가 꿈을 꾼 거야. 피에르가 이런 기회를 놓치지 않고 선뜻 내 뜻에 따를 거라는 꿈을 꾸었던 거야. 피에르가 이렇게 말할 거라고 꿈을 꾸었던 거야. '어머니한테 알린다고? 그럴 필요 없어. 못 가게 하실 게 뻔하잖아. 떠나기 직전에 역에서 내가 전화하면 돼. 선생님, 잔은 저하고 같이 있습니다. 잔을 사랑해서 데려가는 겁니다! 선생님의 허락 따윈 필요 없습니다! 그래요, 미친 짓이지요! 하지만 선생님, 저는 다름 아닌 선생님의 따님한테 미친 겁니다.'

유감스럽게도 이런 상황은 감상적인 소설에서나 일어나는 법이다. 아니면 '여름날의 사랑' 같은 수준 낮은 텔레비전 주말 연속극에서든지. 피에르는 아버지나 선생님 같은 고리타분한 말을 늘어놓으며 나를 설득하려 했다. 나는 피에르가 지극히 이성적인 사람이라는 사실을 잠시 잊어버렸다. 나는 그 사실을 더 이상 참을 수 없었다.

"잔! 잠깐……. 잔!"

나는 그 자리를 박차고 일어나 뒤도 돌아보지 않고 뛰었다. 단숨에 집으로 돌아와 곧장 오마 할머니 집으로 올라갔다. 눈물을 글썽이며 할머니에게 방금 일어난 일, 그러니까 내 기대, 피에르의 거절, 그리고 내가 실망한 사실에 대해 설명했다. 툴루즈로 가서 폴 니에만에게 아버지의 악보를 꼭 전달해야 한다는 말도 했다.

오마 할머니는 자신 없는 듯 난처한 표정으로 듣고 있었다.

"Na…… das kostet viel Geld, mein Liebchen(그게 말이다…… 애야, 만만찮은 돈이 들 텐데)."

"할머니, 돈은 괜찮아요! 할머니의 여비, 호텔비, 연주회 표값 모두 제가 낼게요. 저금해 둔 제 돈을 다 써도 상관없어요!

저 좀 이해해 주세요. 제가 이러는 건 저를 위해서가 아니라 아빠를 위해서예요. 아빠를 알리기 위해서라고요. 아시겠어요?"

"가만있자…… 내가 그레테에게 말해 보마. 하지만 장담은 못해."

다음 날 저녁에 가족회의가 열렸다. 플로랑도 참석했는데 말을 한 사람은 무티뿐이었다. 결국 무티는 마지못해 양보했지만, 이미 내 계획의 실패를 예견했다.

"토요일에 할머니랑 출발해라. 할머니 생각으로는 음악회가 끝나고 그날 돌아오는 기차 편이 있을 거라고 하시지만, 호텔에서 자고 다음 날 일요일에 돌아오는 게 좋겠다. 연주회라는 것이 시작 시간은 알아도 끝나는 시간은 종잡을 수 없으니까. 더구나 너는 그 피아니스트를 만나고 싶어 하는 거니까. 이런 어처구니없는 여행에 드는 비용 전부를 네가 부담하는 것은 말할 필요도 없겠지. 좋은 결과가 있기를 바란다. 하지만 만약 내 예상대로 아무런 성과가 없을 경우 그 모든 것을 다시는 거론하지 않기로 하는 거야. Einverstanden(알겠지)?"

전쟁이었다. '그 모든 것'이라는 말에 악보, 연주회, 폴 니에만 그리고 아버지가 포함되어 있다는 것은 의심의 여지가 없었기 때문이다. 음악 전부일 수도 있었다.

꼭 그 일을 성공시켜야 했다.

그다음에 일어난 일은 지독한 악몽이었다.

토요일 오후에 오마 할머니와 나는 기차를 탔다.

물론 무티는 역까지 배웅 나오지 않았다.

기차가 편했는데도 여행은 지루하고 힘이 들었다. 과학 책과 역사 노트를 챙겨 왔지만 집중하기가 어려웠다. 머릿속은 온통 폴 니에만을 어떻게 설득할까에 대한 생각으로 가득 찼다. 바깥 풍경을 구경하려고 해도 마음은 벌써 지평선 저 너머를 향해 달려가고 있었다. 기차에서 뛰어내려 더 빨리 달리도록 기차를 밀고 싶었는지도 모른다.

오마 할머니는 이따금 읽던 잡지에서 눈을 들고 한숨을 길게 내쉬며 내 얼굴을 살폈다.

툴루즈에 도착하자 우리는 우선 호텔에 들러 짐을 내려놓았다. 물론 연주회 좌석을 포함해 필요한 것들은 미리 전화로 예약해 두었다. 길가나 곡물 시장 주변의 수많은 게시판에는 얼굴 없는 피아니스트의 옆얼굴 사진이 붙어 있었다. 그를 내 피아니스트로 여기던 자부심은 씁쓸함으로 변했고, 폴 니에만이 점점 내게서 벗어나고 있다는 느낌이 들었다.

그러나 아직 어느 정도인지는 알 수 없었다.

우리는 연주회장에 일찌감치 도착한 사람들 축에 끼었고, 앞에서 열 번째 내지는 열두 번째 줄 정도 되는 좋은 자리에 앉을 수 있었다.

나는 오마 할머니가 산 프로그램을 그저 건성으로 보았다. 이번 독주회에는 베토벤이나 리스트를 들으러 온 게 아니었다. 슈토크하우젠을 들으러 온 건 더더욱 아니었다.

우선 나는 폴 니에만이 와 있다는 사실을 확인하고 안심했다. 마지막 순간까지 피아니스트가 바뀌지 않을까 불안했는데……. 충분히 그럴 수 있다는 것을 알기 때문이다.

나는 그날 연주 자체에는 전혀 관심이 없었으므로 무릎에 악보를 올려놓고 독주회가 끝나기만을 기다렸다.

그런데 마지막 앙코르 곡이 내 주의를 끌었다. 폴 니에만은 다시 한 번 자작곡을 연주했다. 그런데 기이하게도 아빠의 미완성 소나타 세 곡 가운데 마지막 곡을 닮은 소나타였다! 나는 너무 놀라서 음악에 집중할 수 없었다. 물론 그럴 리가 없다. 그렇지만 한 소절 전체가 완전히 똑같았다. 마지막 소절이었는데……. 아니, 그런데 소나타가 계속되는 게 아닌가!

이미 피아노의 여음이 기억 속에서 흩어지고 있었다. 내가 꿈을 꾼 것일까? 아버지의 미완성 소나티가 하나의 작품으로 완결되는 환상에 빠졌던 것일까? 아무튼 폴 니에만을 만나야 할 또 하나의 이유가 생긴 것이다!

앙코르 곡 때문에 연주회의 감동은 절정을 이루었다. 청중이 뜨거운 박수를 보내자 피아니스트는 여러 차례 앞으로 나와서 인사를 했다. 피아니스트가 무대 앞에 서서 숱이 많은 머리카락을 흔드는 동안 내 가슴은 두근거렸다. 모든 일이 계획대로 되기를!

나는 박수갈채가 끝날 때까지 기다리지 않았다. 연주회장에 도착하자마자 연주자 대기실의 통로를 익혀 두었기 때문이다.

연주자 대기실로 뛰어가 보니 벌써 많은 사람들이 입구에 몰려 있었다. 피아니스트에게 축하의 말을 전하고 싶어 하는 관객들뿐 아니라 신문기자들도 많았다. 경비원 두 명이 안으로 들어가려는 사람들을 제지하고 있었다.

나는 아주 태연하게 보란 듯이 악보 상자를 안고서 사람들을 헤치고 나아갔다. 경비원 둘이 있는 곳에 도착하자 그들 사이로 슬쩍 빠져나갔다.

"학생!"

그들 가운데 한 사람이 나를 불러 세웠다.

"폴 니에만의 악보예요."

나는 쌩긋 웃으며 대답했다. 멈춰 서지 않고 그대로 문을 밀었다. 그때 억센 팔이 나를 막았다.

"아니, 급한 거라니까요!"

두 명의 경비원이 제지하려는 것을 그냥 통과하려고 한 게 실수였다. 그들이 속임수를 알아채고 말았다.

"학생, 잠깐. 니에만 씨의 매니저가 올 거야."

"죄송합니다. 뒤로 물러서 주세요."

빈정대는 듯한 경비원들의 시선이 말해 주듯 완전한 실패였다.

갑자기 대기실 문이 열리더니 턱시도를 입은 키 큰 남자가 나타났다. 그는 이를 드러내고 환하게 웃어 보였는데 꼭 치약 광고를 연상시켰다. 매니저가 나타나자 곧 이야기 소리, 항의하는 소리, 불평하는 소리가 잠잠해졌다.

"신사 숙녀 여러분, 폴 니에만 씨가 여러분의 성원에 뜨거운 감사를 전해 달라고 합니다. 그리고 유감의 뜻도 같이 전해 달랍니다. 아무도 안 만나려고 해서……."

내 뒤에서 분노에 가까운 아우성이 터져 나왔다.

"그 사람 조심하라고 하세요!"

내 옆에서 사진기를 흔들어 대던 젊은 여자가 소리 질렀다.

"우리는 그의 성공의 발판이었어요. 하지만 그를 매장시키는 발판이 될 수도 있을 거예요!"

"성원을 보내 주는 사람들을 이렇게 무시해도 되는 거요?"

다른 사람이 항의에 나섰다.

"익명을 유지하는 것도 수작이오!"

앙심을 품은 말투였다.

"숨는 것도 한두 번이지 이제 청중은 지쳤다고요."

"기존의 피아니스트가 가발을 쓰고 변장한 게 아니란 증거가 있습니까? 혹시 리코리니 아니에요?"

"맞아요, 관심을 끌기에 얼마나 좋은 방법입니까!"

"수입도 두 배로 늘겠지! 졸리부아 씨, 당신은 리코리니의 매니저도 맡고 있잖아요, 그렇지 않습니까?"

매니저는 설명을 요구받고 두 팔을 들어 진정하라는 신호를 했다.

"신사 숙녀 여러분……. 폴 니에만이라는 익명이 그의 성공에 도움이 된 건 사실입니다. 그러나 여러분은 잘못 생각하고 계십니다. 폴 니에만은 아마도 리코리니가 아닙니다. 그는 리코리니가 가르치는 제자입니다!"

다시 탄성과 질문이 쏟아졌다.

"옳아, 드디어 정보가 쏟아지는구먼!"

"그건 공공연한 비밀이오! 처음부터 알고 있던 사실이란 말입니다!"

"리코리니의 제자 가운데 폴 니에만이라는 사람은 없소! 도대체 누구요?"

졸리부아라는 그 사람은 정신없이 두 팔을 내저었다.

"여러분께 좋은 소식이 한 가지 있습니다. 다음번 독주회가 끝나고 나면 모든 비밀이 밝혀질 것입니다."

"얼굴을 볼 수 있게 되는 겁니까?"

"그가 누구인지 알 수 있다는 얘기예요?"

"접근도 가능해지는 겁니까?"

"인터뷰는요?"

매니저는 더 이상 두 팔을 어떻게 해야 할지 난감한 모양이었다. 허수아비 같다고나 할까, 미친 듯이 연주를 해 대는 오케스트라 때문에 정신을 못 차리는 우스꽝스러운 지휘자 같다고나 할까.

"그렇습니다!"

드디어 그가 고함을 질렀다.

"여러분이 하신 모든 질문에 그렇게 할 거라는 대답을 드립니다. 폴 니에만이 약속했습니다. 그러니까 3주 후에 플레엘 극장에서 여러분을 만날 것을 약속드립니다! 신사 숙녀 여러분, 감사합니다."

그는 끝까지 미소를 잃지 않고 반 바퀴 돌아서 통로로 사라졌다. 경비원 두 명이 출입문 앞에서 다시 보초를 서기 시작했다. 대통령도 이보다 더 삼엄한 경호를 받지는 않을 것이다.

실망한 극성 팬들과 신문기자들은 흩어지면서 매니저가 한 약속에 대해 이러쿵저러쿵 이야기를 나누었다. 그러나 나는 고집스레 한 발짝도 움직이지 않았다. 잠시 후 경비원 중 한 명이 경고를 했다.

"학생, 들었어? 폴 니에만은 못 만나. 우리는 지시를 받았거든."

"저도요. 저도 이 악보를 그에게 전달해야 해요. 여기서 절대로 나가지 않을 거예요."

"마음대로 해."

바로 그때 폴 니에만이 연주자 출입문으로 빠져나갔을 거라는 생각이 들자 불안해지기 시작했다. 지켜야 했던 곳은 거기가 아니었을까? 물론 거기서도 경비원들이 귀찮게 찾아오는 사람들의 통행을 막았을 거야. 하지만 적어도 거기서라면 폴 니에만과 마주쳤을지도 모르는데…….

그다음에는 무슨 일이 일어났는지 기억나지 않는다. 아마도 내가 울었거나 얼굴이 창백해졌거나 그것도 아니면 갑자기 경비원들의 마음이 움직였을 것이다.

경비원 한 사람이 말했다.

"가서 보고 올 테니 기다려."

경비원이 문 안으로 사라졌다. 다시 희망이 솟구쳤다. 그러나 금세 거꾸러지고 말았다. 경비원과 함께 온 사람은 피아니스트의 매니저였을 뿐이다. 매니저는 아버지 같은 태도로 내 쪽으로 몸을 굽혔다.

"자, 학생, 용건이 뭐지?"

"폴 니에만을 만나서…… 이 악보들을 전하고 싶습니다."

말하는 중간중간 두 번이나 울음을 터뜨리며 짧은 문장으로 매니저에게 용건을 설명했다. 그는 내 어깨에 테니스 라켓 같은 커다란 두 손을 얹고서 말했다.

"알겠어. 잘 알겠어, 학생. 하지만 폴 니에만은 지금 휴게실에 없는데. 보다시피 벌써 갔어."

"연주자 출입구로 가서 기다릴 걸 그랬나 봐요……. 그랬어야 했나 봐요!"

졸리부아 씨는 다정하면서도 안됐다는 듯한 표정을 지으며 말했다.

"헛수고였을 거야. 관객들 틈에 끼어서 나갔거든. 아무도 알아보지 못했지."

나는 매니저에게 악보를 내밀었다.

"부탁드려요, 그에게 꼭 전해 주세요. 편지로 설명하겠다는 말도 전해 주시고요……."

매니저는 고개를 가로저었다.

"학생, 이 악보는 그에게 아무 쓸모가 없어."

"틀림없이 볼 거예요! 그가 연주한 음악이 우리 아버지가 작곡한 곡과 너무나 비슷하거든요!"

"폴 니에만은 바쁜 사람이야. 정말 유감스럽게 생각해."

그는 어느새 뒷걸음쳐서 멀어져 갔다. 나는 최악의 경우라 해도 이런 실패는 결코 예상하지 못했다. 나는 땅바닥에 악보를 내동댕이치며 울부짖었다.

"아니, 이 악보를 받는 게 그렇게 힘든 일인가요? 상관없어요! 그는 결국 악보를 받게 될 거예요! 우편으로 보내겠어요!"

졸리부아 씨가 돌아보았다. 그는 여전히 미소를 짓고 있었는데 화내는 모습을 보는 것보다 더 고통스러웠다.

"학생, 폴 니에만의 우편물을 받는 사람은 바로 나야. 나더러 우편물을 분류해서 편지마다 답장을 해 주라고 했거든."

매니저는 가 버렸다. 나는 절망해서 눈물을 흘리며 양탄자 위에 무릎을 꿇고 그대로 있었다. 오마 할머니가 와서 나를 일으켜 세웠다.

"잔, 가자. 애야, komm jetzt(가자, 이제)……."

나는 호텔에서 밤새 울었다. 그것이 툴루즈의 르그랑발콩이
라는 호텔에 대해 남아 있는 유일한 기억이다. 그 호텔은 20세
기 초에 비행기 조종사들의 회담 장소로 쓰여 유명해진 곳이다.

이튿날 일요일이 되어 파리로 돌아오는 길은 아무런 대화도
없고 침울해서 마치 장례식 같았다. 오마 할머니도 나를 위로
하려는 시도조차 하지 않았다.

무티는 아무것도 묻지 않았다. 내가 방으로 가서 꼼짝 않고
있는 동안에 오마 할머니가 무티에게 자세히 이야기해 주었던
것 같다.

화요일이 되자 벤치에서 피에르를 다시 만났다. 내 얼굴 표
정이 우울해 보여서 그랬을까? 피에르는 툴루즈 연주회에 대
해 전혀 묻지 않았다. 그 뒤로 우리 사이에 폴 니에만에 대한
이야기는 일종의 금기 사항이 되었다. 그에 대한 이야기는 더
이상 하고 싶지 않았다.

하지만 고백하건대 피에르는 유난히 세심하고 다정했다. 피
에르의 섬세함, 즉 내가 바라는 것이면 아무리 사소한 것이라
도 들어주고자 배려하는 피에르의 마음이 그 피아니스트의 이
기주의나 야망과 새삼 비교가 되었다. 이제 그 천재 음악가는
꼴도 보기 싫었다. 그 스타가 갑자기 탄생한 것처럼 빨리 사라
졌으면 하는 소망을 품을 정도였다.

씁쓸한 학년 말

나는 아버지의 악보 문제는 일단 접어 두고 공부에 몰두했다. 집중력을 높이기 위해서 공부 중에 음악을 듣던 습관도 버렸다. 보름 후면 학년이 끝날 테고, 그때 다시 음악에 열중해도 될 것이다.

올해가 가기 전에 피에르를 다시 보게 될지도 알 수 없었다. 화요일이 되어도 피에르는 더 이상 벤치로 나오지 않았고 전화도 없었다.

진학 사정 회의가 열리는 목요일이 왔다. 나는 부대표 자격으로 회의에 참석했고 예상대로 고등학교로 진학했다. 너무 당연한 결과 같아서 아무런 기쁨도 느끼지 못했다.

오후 4시가 조금 지났을 때 학교를 나섰다. 그런데 놀랍게도 그곳, 그러니까 우리의 벤치에서 피에르가 무언가를 쓰고 있었다!

한 줄기 햇살 같았다. 그 주의 가장 기쁜 사건이었다. 들키지 않고 살그머니 피에르의 곁으로 가서 앉으려고 걸음을 떼는 순간 피에르가 눈을 들었다.

먼 거리였지만 피에르의 눈길에서 나를 기다리고 있었음을 느낄 수 있었다. 피에르는 내게 잘 지냈는지, 그리고 중학교 졸업은 어떻게 되었는지 물었다.

"고등학교로 진학하게 됐어. 나한테는 중요한 일이지."

이런 의례적인 질문은 서두에 지나지 않는다는 느낌이 들었다. 피에르는 마치 소나타나 오페라 또는 협주곡처럼 본 주제로 들어가기 전에 서주를 띄운다.

"잔……."

드디어 피에르가 다시 입을 열었다.

"너한테 용서받을 일이 많아."

"나한테? 농담이겠지!"

"농담 아니야. 지난번에 네가 툴루즈에서 열리는 독주회에 같이 가자고 했을 때 말이야……."

나는 얼굴 표정이 금세 굳어졌다.

"그 말은 다시 할 필요 없어. 피에르, 제발 그 이야기는 더 하지 말자."

"내가 바라는 건…… 뭐랄까, 그때 일을 만회하고 싶어."

"괜찮아, 만회할 필요 없어."

"아니, 있어."

피에르는 주머니에서 표 두 장을 꺼냈다. 낯익은 분홍색 표였다.

"자, 여기."

피에르는 몹시 난처해하며 말을 이었다.

"넌 내가 그 피아니스트, 폴 니에만을 질투한다고 생각했을 거야. 그래서 홧김에 툴루즈에 함께 가는 것을 거절했다고 오해했을 거고…… . 잠깐, 내 말을 끊지 말아 줘. 그렇지 않다는 것을 증명해 보이고 싶어. 너의 명연주가가 다음 주 토요일, 플레옐 극장에서 다시 연주회를 가진대."

"그건 나도 알아."

"우리 같이 갈래?"

나는 그대로 잠자코 있었다. 뭐라고 대답하지? 물론 피에르로서는 마음을 쓴 일일 것이다. 하지만 너무 늦었다.

"가고 싶지 않아?"

나는 거짓말에 서툴다. 피에르는 내가 무언가를 숨기고 있다는 낌새를 알아차렸다.

"응, 폴 니에만한테 굉장히 실망했거든."

"아, 그래?"

툴루즈에 간 일과 시도했던 일이 완전히 실패로 돌아간 것을 피에르에게 미주알고주알 들려주고 싶은 마음은 추호도 없었다. 자존심이 조금은 남아 있었던 것이다.

"하지만 지난번 연주회에 대한 비평을 읽어 보았는데⋯⋯."

피에르가 단언하고 나섰다.

"아니, 연주를 말하는 게 아니야! 그는 스타가 되었어. 얼굴을 드러내지 않고 가명을 이용해서 청중을 동원하고 있지."

"맞아. 그런데 들리는 말로는 이번 연주회에서 틀림없이 스스로 모든 것을 밝힐 거라는데⋯⋯."

"응, 알아."

잠시 무거운 침묵이 흘렀다. 피에르는 머뭇거리며 다시 말을 이었다.

"네가 그 연주회에 가고 싶어 할 거라고 생각했어. 네가 그 피아니스트를 좋아한다고 믿었거든."

"피에르, 그렇지 않아. 내가 좋아하는 건 너야."

그건 고백도 아니고 이미 확인된 사실이었다. 하지만 그 사실을 밝히는 순간, 피에르의 존재가 더욱 뚜렷하게 다가왔다.

"잔, 내 생각에 네가 사랑하는 건 내가 아니야."

피에르는 고개를 돌린 채 말했다.

"뭐라고? 어떻게 그렇게 단정할 수 있지?"

"단정이 아니라 의심이야. 너 자신이 착각을 하고 있는 거야. 실은 너는 그 피아니스트를 사랑하고 있어."

"미워한다니까!"

"마찬가지야. 어쩌면 넌 그 피아니스트를 통해서 너희 아버지의 존재를 확인하고 사랑하고 있는지도 몰라. 두 사람 모두 똑같이 위대하고 다가갈 수 없는 존재 같아 보이니까. 추억이나 이미지를 사랑하는 건 아주 쉬워. 그리고 현실보다 훨씬 아름답지!"

"착각하는 건 너야."

"그럴지도 모르지……. 그래. 그런데 네가 나를 좋아하는 게 아니라 단지 음악을 좋아하는 거라면?"

"나에게 음악을 알게 한 건 바로 너야!"

"나일까, 그 피아니스트일까?"

피에르는 한숨을 길게 내쉰 다음 말을 이었다.

"그와 나, 우리는 단지 도구였을 거야."

"그래. 하지만 피에르, 넌 지금 여기 있어. 나는 너를 알고 넌 이렇게 실제로 존재하고 있잖아."

우리 주위로 사람들이 지나가고, 차들이 빵빵대고, 나무들 사이로 새들이 노래하고 있었다. 나는 그곳, 그 벤치, 그 가로수 길에 애착을 느꼈다. 비록 거기에 정겹거나 특별한 것이 전혀 없다고 해도 그것들은 내 존재의 일부가 되어 버렸다. 그것들은 이미 내 기억 한구석에 자리 잡았고, 내가 간직하고픈 포근한 장소로 남아 있다. 피에르가 현재의 일부에 지나지 않을지 또는 그와 평생을 같이하게 될지는 알 수 없지만, 나는 학교 근처 그 벤치에서 시작된 길을 계속 따라가고 싶었다. 우리 둘이서 함께 나눈 추억이 서로에게서 다른 모습을 띠고 있다. 각자 다른 생각을 하며 살아가기 때문일까?

"이 표는 어떻게 하지?"

"네가 보관하고 있어. 같이 가자. 피에르, 난 무척 행복해.
몇 시간을 너와 함께 보낼 수 있다니 말이야."

무티에게 졸업 시험 바로 뒤에 열릴 연주회에 가겠다고 했
더니, 무티는 이러쿵저러쿵 전혀 토를 달지 않았다. 몇 주 전부
터 우리는 별로 긴 이야기를 나누지 않았다.

얼굴 없는 피아니스트의 정체

연주회가 열리던 날 저녁, 온 집안이 어수선했다. 오마 할머니는 원룸 아파트와 우리 아파트를 분주히 오갔다. 플로랑은 무티가 목이 불편한 와이셔츠를 억지로 입게 한다고 투덜댔다. 무티 자신도 목이 살짝 파인 얇은 복숭앗빛 투피스를 사서 입으니 영 딴사람 같았다. 감탄이 절로 나왔다.

"와, 엄마……. Wie elegant(너무 우아해요)! 아니, 그런데 오늘 밤 셋이서 어디 가는 거예요?"

"참, 너도 나가지! 그런데 우리가 너한테 꼬치꼬치 묻던? Das geht dich nicht an(그러니까 너도 상관하지 마)!"

샘이 난다고 해야 하나? 그래, 정말이지 약간 샘이 났다. 게다가 아름답고 아주 젊어 보이는 무티한테도 샘이 났다. 문득 무티의 나이가 갓 마흔밖에 안 됐다는 사실을 깨달았다. 무티가 나보다 더 매력적으로 보였다. 더구나 그날 저녁에 나는 피에르가 이미 본 적이 있는 투피스를 입어야 할 처지였다. 툴루즈 여행으로 생긴 적자를 메우고 오마 할머니에게 진 빚을 갚으려면 몇 달이 걸릴 테니까.

초인종이 울렸다. 무티가 문을 열자, 양복 정장 차림에 나비넥타이를 맨 피에르가 몸을 굽혀 무티에게 정중하게 입맞춤을 했다. 무티는 터져 나오려는 웃음을 가까스로 참는 것 같았다. 기분이 상했지만 꾹 참고 가족들에게 즐거운 저녁 시간을 보내라고 인사한 뒤 피에르와 집을 빠져나왔다.

"오늘 저녁에는 우리 모두 변장을 한 것 같아!"

승강기 안에서 내가 말했다.

피에르 역시 마치 어떤 역할을 맡은 것처럼 부자연스러워 보였다.

피에르는 사뭇 심각한 표정을 지으며 말했다.

"그래, 사람은 항상 변장을 하고 사는 거야. 모든 것은 관습과 시대의 문제야……. 중요한 건 특정한 시간과 장소에서 나와 함께 있는 사람들과 같은 모습으로 어울려 사는 거겠지."

하지만 피에르의 말이 딱 맞지는 않았다. 플레옐 극장에 온 많은 관객들이 스웨터나 폴로 셔츠, 청바지를 입고 있었다. 몇몇 남자들이 예복을 입었고, 그보다 많은 여자들이 야회복 차림이었다. 분위기는 다소 긴장되었고, 사람들이 나누는 대화도 수수께끼 같았다. 연주회에 자주 오는 사람들이 몇 명씩 무리를 지어 나누는 이야기에는 추측만 무성했다.

"오늘 연주회에서 폴 니에만은 자기 작품만 연주할 거야. 내가 장담한다니까!"

"뭐, 그 곡? 그 유명한 앙코르 곡 말이야? 하지만 그는 한 번도 자기가 작곡한 곡이라고 한 적이 없어."

"모든 것이 한바탕 속임수 같아!"

"두 시간 뒤면 밝혀지겠지."

"오오, 저기 좀 봐! 리코리니 아니야?"

정말 그 사람이었다. 리코리니는 팬들에 둘러싸여 미소를 지으며 악수를 나누거나 이따금 자서전에 사인해 주고 있었다. 피에르는 내 옆으로 다가와 팔을 잡고는 약간 긴장한 모습으로 웃어 보였다.

"그러니까 잔, 이건 그냥 연수회가 아니라……."

피에르는 갑자기 예민해져서는 왠지 초조한 기색을 보였다.

이전 독주회 때 보았던 사람들과 어깨에 가방을 둘러멘 기자들이 눈에 들어왔다.

"기자란 기자는 다 모였네……. 하긴 왜 아니겠어. 그런데 연주회 프로그램이 뭐지?"

나는 포스터 앞으로 다가갔다. 늘 보던 폴 니에만의 사진, 그러니까 고개를 푹 숙여서 긴 갈색 머리카락이 쏟아져 내려 피아노 건반을 거의 가리고 있는 그 사진 아래에는 달랑 이렇게만 쓰여 있었다.

시즌 마감 연주회

현대 음악

피아노 소나타 7곡

"이리 와. 가서 앉자."

우연치고는 기이하게도 우리 자리는 앞에서 둘째 줄이었다. 특히 내 자리는 9개월 전, 그러니까 폴 니에만이 리코리니 대신 연주를 했을 때 앉았던 바로 그 자리였다. 막 그 이야기를 하려는데 피에르가 물었다.

"괜찮아? 자리 잘 잡았어?"

피에르는 곁에 와서 앉는 대신, 프로그램을 맡기고는 곧바로 좌석 사이로 길을 내면서 다시 빠져나갔다. 중앙 통로에 이르자 돌아서더니 내게 손짓을 했다. 마치 이렇게 말하는 것 같았다.

'그대로 앉아 있어, 곧 올게. 잠깐이면 돼.'

프로그램에도 포스터 이상의 내용은 적혀 있지 않았다. 나는 피에르가 돌아오는지 살피면서 건성으로 훑어보았다. 올 때부터 피에르는 어쩐지 편안해 보이지 않았다. 얼마 안 있어 연주회장이 관객들로 꽉 들어찼다. 관객들에게 자리에 앉으라고 알리는 벨 소리가 멎자 객석에서 기다림에 들뜬 웅성거림이 일었다.

피에르는 돌아오지 않았다. 곧 조명이 꺼지고 청중의 말소리가 멎었는데도 여전히 나타나지 않았다. 문득 걱정이 되었다. 어디 아픈 게 틀림없어. 연주회가 시작되는데 절대로 나 혼자 있게 할 리가 없어.

폴 니에만이 무대로 나오자 나는 잠시 그의 출현에 정신이 팔렸다. 그는 무대 앞으로 걸어 나와 청중에게 인사를 했다. 작년 10월처럼 나는 3미터쯤 떨어진 곳에서 그를 다시 보고 있었다. 그러나 이번에는 그에게 사그라지지 않는 증오심을 품고 있었다. 오늘 밤 내가 이곳에 온 것은 폴 니에만을 보기 위해서가 아니라 피에르와 함께하기 위해서였다.

그런데 피에르는 어디로 간 걸까?

청중은 박수를 아끼는 것 같았다. 이번에는 속아 넘어가지 않겠다고 작정한 듯했다. 그들은 명연주가가 역량을 발휘하기를 기다리고 있었다. 폴 니에만은 냉담하고 비판적인 청중의 시선을 받으며 피아노 앞에 앉았다.

연주가 시작되었다.

머릿속에서 수없이 많은 생각이 맴돌았다. 그런데 어느새 나도 모르게 점점 음악이 귀에 들어왔다. 음악은 친숙한 울림으로 다가왔다. 그래, 이건 바로 우리 아빠 스타일이야. 적어도 내가 아빠의 세 개의 미완성 작품에서 맛본 스타일이야. 천만에, 그렇지 않아. 이 곡은 폴 니에만이 지난번 연주회 때 앙코

르 곡으로 연주한 작품과 같은 곡일 뿐이야! 곰곰이 생각해 보
니 결국 그 말이 그 말이었다.

작가 미상의 그 소나타가 가진 매력은 곧바로 효과를 발휘
했다. 완전히 매료된 청중은 숨을 죽였다. 그 작품에서는 감탄
하지 않을 수 없는 비상과 힘과 역동성이 흘러나오고 있었다.
절정에 이르자 겹화음이자 불협화음으로 곡이 끝나면서 멋진
피날레를 장식했고, 나는 그 여운에 부르르 몸을 떨었다.

피아니스트가 마침내 숙이고 있던 고개를 들었다.

우레와 같은 박수 소리가 울려 퍼졌다. 청중이 하나가 되어
한창 박수를 치고 있을 때, 나는 겉옷과 프로그램을 나와 피에
르의 자리에 각각 올려놓고는 사람들을 헤치면서 빠져나갔다.

"실례합니다……. 죄송합니다."

사람들 다리와 좌석 등받이 사이로 걸어 나가는데 참다 못
한 사람들의 항의 소리가 들렸다. 첫 곡을 듣고 바로 연주회장
을 떠나는 것은 일종의 도전이었던 것이다.

화장실에는 아무도 없었다.

"피에르! 피에르?"

문이란 문은 모두 열어 보았지만, 피에르는 어디에도 없었
다. 휴대품 보관소까지 가 보았지만 그곳 직원의 대답은 단호
했다.

"아니요, 나간 사람은 아무도 없습니다."

도대체 피에르는 어디에 있는 거지? 장난이라면 너무 심하

잖아. 틀림없이 길이 엇갈렸을 거야. 지금 다시 자리로 돌아가면 만날 거야!

그런데 문을 지키는 안내원이 들어가는 것을 제지했다.

"죄송합니다만, 두 번째 곡이 끝날 때까지 기다려 주시기 바랍니다. 그다음에 빨리 가서 앉아 주십시오."

십 분 후 자리로 가 보았지만 피에르는 아직도 돌아와 있지 않았다. 최대한 조용히 자리에 앉았다. 이제 자리를 또 뜬다는 것은 말이 안 되는 일이었다.

두 번째 곡이 끝나자 폴 니에만이 무대 앞으로 나와 인사를 했는데 청중의 열광적인 함성으로 보아 그는 이미 청중의 지지를 확보한 상태였다. 그가 다시 연주하기 시작했다. 이번 작품은 전 작품과 아주 달라서 내밀하게 속삭이는 듯했다. 부드러운 어루만짐, 또는 영혼까지 파고드는 산들바람 같았다. 한 번도 가 본 적이 없는 곳에서 산보하는 느낌이릴까……

그 곡은 금세 끝났다. 청중의 박수갈채 소리가 울려 퍼졌다.

연주회는 계속되었다.

휴식 시간이 되자 옆자리의 여자가 일어서며 말했다.

"역사적인 순간에 동참하고 있는 느낌이야……. 오늘 밤 여기 있다는 건 정말 행운이야."

"그래, 위대한 순간이야!"

여자의 친구도 맞장구를 쳤다.

"게다가 아직 그 행운이 끝나지 않았잖아!"

나는 피에르가 오랜 시간이 지나도록 나타나지 않는 사실을 잊어버릴 뻔했다. 나는 홀이나 바, 또는 화장실 쪽으로 몰려가는 사람들 틈에 휩쓸렸다. 사람들 입에서는 감탄이 끊이지 않았다. 어떤 사람들은 폴 니에만을 리스트, 쇼팽, 라흐마니노프와 비교하기도 했다.

"라흐마니노프라고? 자네 농담하나! 라흐마니노프는 아주 평범한 피아니스트였어. 음악에 대한 공헌도 그저 그렇고. 하지만 이 사람은 명연주가일 뿐 아니라 이 시대에 큰 영향을 미칠 작곡가이기도 하잖나."

"프로코피예프의 영향을 받은 것 같지 않아?"

"아니야. 오히려 불레즈나 리게티의 영향이 아닐까……."

"선율은 브리튼의 영향 같아!"

"5도 음정을 사용하는 걸 보면 메시앙을 닮은 데도 있어."

"시시한 이야기들 그만두게! 폴 니에만은 여러 사람의 영향을 받았지만 그것들을 완전히 소화하고 흡수해서 새로운 것을 만들어 냈어. 자신만의 개성과 스타일이 있다고!"

"우리가 그의 연주 솜씨는 잊어버리고 있구먼……."

그렇다, 그날 밤의 스타는 더 이상 피아니스트가 아니라 그가 연주한 작품의 작곡가였다. 그 둘은 과연 같은 사람일까?

유리문 너머로 길 건너 찻집에 있는 손님들을 살펴보았지만 피에르로 보이는 사람은 없었다. 어떻게 이런 일이 있을 수 있는지 믿어지지 않았다.

나는 사람들 틈에서 어찌할 바를 몰랐다. 물론 피에르가 없어진 이 사건에는 분명 이유가 있을 것이다. 문득 나는 이 궁금증을 풀어 줄 터무니없는 장면을 상상하고 있는 내 자신을 발견하고는 이내 고개를 저었다. 그러나 그 생각이 일단 뇌리를 스친 뒤로는 벗어날 수가 없었다. 지워지지 않는 영상이 되어 끈질기게 자꾸 떠올랐다.

'자, 잔, 진정해. 넌 흥분했어.'

하지만 자꾸 고개를 드는 의문들을 어떻게 떨쳐 버려야 할지 난감했다. 오직 한 가지 해답만으로 모든 방정식이 풀릴 것만 같을 땐 어떻게 해야 하지?

휴식 시간 종료를 알리는 벨이 울리자 나는 바로 자리로 돌아왔다. 그 순간 나는 오히려 피에르가 와 있을까 봐 두려웠던 것도 같다. 피에르가 나타나면 내가 막 품기 시작한 터무니없는 희망이 물거품이 될 테니까.

연주회장에 다시 청중들이 들어와 앉자 조명이 꺼지고 폴니에만이 나타났다. 연주도 시작되지 않았는데 사람들은 열렬한 박수갈채를 보냈다.

2부 프로그램에는 세 곡이 준비되어 있었다. 우리가 이미 들었던 어떤 곡보다 새롭고 화려한 곡들이었다. 대담하고 참신한 리듬이 흘러넘쳤고, 이따금 피아노 대신 어떤 미지의 악기로 연주하고 있지 않나 하는 착각이 들 정도로 변화무쌍한 음이 쏟아져 나왔다.

그러나 무대 위에는 피아노와 피아니스트뿐이었다. 마치 기수와 말이 하나가 되어 직감으로 길을 달리듯 피아니스트는 피아노와 일체를 이루었다.

훌륭했다.

마지막 곡의 여운이 묘한 고요함 속에 사라졌다. 최근에 어떤 음반에서 읽었던 한 구절이 생각났다.

"모차르트의 곡이 끝나고 난 뒤의 고요함은 더욱 모차르트적이다."

그 독주회에서 음악이 끝나고 난 뒤의 고요함이 내게는 심호흡 같았다. 열광하기 전에 청중들이 숨을 죽이고 있었던 것이다.

이어서 대단히 열광적인 박수가 터져 나왔다. 어떤 사람은 몹시 흥분한 나머지 벌떡 일어나서 놀라움과 기쁨이 섞인 탄성을 계속 내질렀다. 그 소리가 얼마나 컸던지 우레 같은 박수 소리마저 파묻히고 있었다.

청중의 박수갈채가 얼마나 계속되었을까? 5분, 10분, 15분? 박수 소리는 그칠 줄 모르고 점점 커지다가 이따금 작아졌지만, 그것은 밀물처럼 다시 거세게 몰아쳐 올 전조였다.

마침내 피아니스트가 나와 청중을 향해 두루 인사했다. 그래도 박수 소리가 잦아들지 않자 아예 들어가는 것을 포기하고 가끔 고개 숙여 청중에게 답례하는 수밖에 별 도리가 없는 듯했다. 그칠 줄 모르는 환호성을 잠재우려는 듯 피아니스트는 마침내 단호하게 멈춰 섰다. 피아니스트는 어떻게 가라앉혀야 좋을지 모르게 점점 더 뜨거워지는 환호성이 불편한지 다소 어색해했다.

이윽고 그는 다시 피아노로 갔다.

박수갈채도 조금씩 작아지더니 긴 꼬리를 끌며 사그라졌다. 청중석이 조용해지자 폴 니에만은 다시 연주하기 시작했다.

첫 화음을 듣는 순간 가슴이 쿵 하고 내려앉는 느낌이었다. 그 곡은 〈잔 39번〉 미완성 소나타로 피에르와 내가 '카스티용'이라는 이름을 붙인 곡이었다. 6주 전의 장면이 섬광처럼 떠올랐다. 피에르는 자기 집에서 내게 그 소나타를 연주해 주었다. 현실로 이루어질 거라고 믿지는 않았지만, 이런 장면을 늘 꿈꿔 왔고 간절히 소망했는데 그 기대가 이루어진 것이다.

놀라움은 그것으로 끝나지 않았다. 미완성인 채로 끝나 있던 그 곡을 피아니스트는 멈추지 않고 계속 연주하는 것이 아닌가! 이어지는 부분은 처음 들어 보는 것이었지만 같은 느낌, 같은 주제를 따르는 작품이었다. 완성되지 않은 채 침묵으로 남아 있던 마지막 부분을 피아니스트 자신이 채워 넣고 직접 연주해 작품을 완성한 것이다. 나는 충격에 휩싸여 조금만 움직여도 그 꿈이 사라져 버릴 것만 같아 좌석에 붙박인 듯 꼼짝 않고 있었다.

그 이후의 일들은 지금도 여전히, 그 추억 전체를 뒤덮고 있는 뿌연 안개 같은 것들 속에서 진행되었다.

박수 소리가 잠잠해지자, 배가 나온 땅딸막한 남자가 땀을 흘리며 무대 위로 나왔다. 나는 그 사람을 바로 알아보았다. 몇 달 전에 청중에게 아마도 리코리니의 병환을 알렸던 극장 감독이었다.

극장 감독은 피아니스트의 양어깨를 잡고 무대 앞쪽으로 이끌었다. 관객들은 강렬한 호기심과 긴장감에 휩싸여 쥐 죽은 듯 조용해졌다.

극장 감독은 목소리를 가다듬기 위해 헛기침을 한 다음 또렷한 목소리로 말했다.

"신사 숙녀 여러분, 제가 강조하고 싶은 것은 오늘 밤 여러분께 모든 것을 밝히고 싶어 한 사람은 다름 아닌 폴 니에만 씨 자신이라는 사실입니다. 폴 니에만 씨, 나와 주십시오!"

극장 감독은 물러서서 자신이 사라지는 것을 분명하게 보여 주려는 듯 피아노 뒤로 지나갔다.

피아니스트는 잠시 동안 어쩔 줄 모르는 듯 청중 앞에 서 있었다. 그때 청중 가운데 신문기자인 듯한 사람이 구석 자리에서 "가발!" 하고 외치며 벗으라는 신호를 보냈다. 폴 니에만은 고개를 끄덕여 보이고는 단번에 가발을 벗어 버렸다. 그는 드디어 얼굴을 보이고 자신을 드러냈다.

정적이 흐르는 가운데 여기저기서 플래시가 터졌다.

피에르가 나를 바라보았다. 그 순간 갑자기 집채만큼 크고 알 수 없는 어떤 것, 어떤 벅찬 감정이 복받쳐 올랐다.

피에르는 앞으로 걸어 나오더니 드디어 입을 열었다.

"제 이름은 폴 니에만이 아닙니다. 폴 니에만은 제가 제 선생님 대신 연주를 했던 지난해 10월의 첫 연주회 때 쓴 가명입니다."

내게 너무나 익숙한, 수줍은 듯 머뭇거리는 목소리였다. 우리 교실에서 슈베르트에 대해 발표했던 고등학교 1학년 남학생의 목소리였다. 피아노 앞에 앉았을 때의 자신 있고 능숙한 태도와는 어찌나 다른지!

"제가 오늘 이 자리에 서서 여러분의 박수갈채를 조금이라도 받을 자격이 있다면, 이 모든 것은 여러 해 전부터 저를 가르쳐 주신 아마도 리코리니 선생님 덕분입니다."

피에르는 첫 번째 줄, 내 오른편에 앉아 있는 누군가를 가리켰다. 아마도 리코리니가 내 자리에서 불과 몇 미터 떨어진 곳에 앉아 있었는데 나는 그 사실도 모르고 있었다! 청중은 리코리니에게 극장이 떠나갈 듯한 박수를 보냈다. 리코리니는 일어나서 박자를 맞추어 연호하는 관객을 향해 미소로 답례했다. 피에르가 리코리니에게 무대로 올라오라는 신호를 보냈다. 리코리니는 극장 감독의 도움을 받아 연단 쪽으로 해서 무대로 오르는 가파른 계단을 오른 다음 자기 제자를 향해 박수를 치며 무대 위로 걸어 나갔다.

"이 찬사는……."

청중은 박수갈채를 멈추지 않았다. 피에르는 난처한 듯 얼굴을 찡그리더니 목청을 높였다.

"오늘 밤 여러분이 보내 주시는 이 찬사는 제 몫이 아닙니다. 이 뜨거운 찬사를 방금 제가 연주한 곡들을 작곡한 분께 바치고자 합니다. 사실 이전 독주회에서 들려드린 앙코르 곡들은 제가 작곡한 것이 아닙니다. 여러분이 오늘 밤 들으신 일곱 곡의 소나타 또한 제가 작곡한 곡이 아닙니다. 이 작품들을 작곡한 분은……."

연주회장이 쥐 죽은 듯 조용해졌다. 그만큼 청중의 주의력은 더욱더 날카로워졌다.

"……오스카 레플렉스 씨입니다!"

그 말을 신호로 다시 박수갈채가 터져 나왔다. 박수갈채는 조금씩 잦아들더니 피아니스트를 무대로 불러낼 때처럼 박자를 맞춘 박수로 이어졌다.

"레플렉스!"

누군가가 구석 자리에서 외쳤다.

"레플렉스! 레플렉스!"

사람들이 뒤를 이어 외쳐 댔다. 청중은 작곡자가 연주회장에 와 있으리라 생각하고 있었다.

"레플렉스! 레플렉스!"

피에르는 양팔을 들어 올려 조용히 해 달라고 신호했다. 드디어 다시 조용해지자 피에르가 입을 열었다.

"안타깝게도 오스카 레플렉스 씨는 오래전에 사망했습니다……."

청중석에서 실망의 소리가 들렸다.

"그러나 저는 이 자리를 빌려 그분의 악보를 찾아내어 고인의 명예를 되살린 사람에게 경의를 표하고 싶습니다. 그녀가 아니었다면 이 위대한 작곡가는 알려지지 않았을 겁니다. 그리고 이 연주회도 마련되지 않았을 겁니다. 그 사람은…… 오스카 레플렉스 씨의 딸입니다. 잔 레플렉스!"

피에르는 첫 번째 줄, 내 앞에 있는 누군가를 가리켰다. 연주회장 안에 다시 박수갈채 소리가 울려 퍼졌다. 나는 한참이 지나서야 박수갈채가 나를 향한 것이라는 사실을 깨달았고, 또 한참이 지나서야 무대로 올라오라고 신호하는 피에르의 몸짓을 알아보았다.

나는 마치 넋이 빠진 사람처럼 자리에서 일어섰다. 그리고 내가 무엇을 하는지도 잘 알지 못한 채 무의식적으로 걸어 나갔다. 나는 갑작스러운 박수갈채와 불빛에 파묻혔다. 피에르는 무대 위에서 나를 맞이했다. 피에르는 내게 바싹 다가오더니 포옹을 했다. 장내는 브라보를 외치는 소리로 떠나갈 듯했다.

"피에르……."

나는 청중의 시선을 피해 피에르 곁으로 바싹 다가서서 귀엣말로 더듬더듬 말했다.

"아니, 어떻게 된 거야? 도대체 어떻게 된 거야?"

나는 청중 쪽으로 몸을 돌려 미소를 지어 보이려고 애썼다. 심호흡을 크게 하고 마음을 진정시킨 뒤, 아버지를 떠올렸다. 이제 아버지가 존재하게 된 거야. 이 박수갈채는 아버지를 향한 거야. 이제부터 아버지의 존재는 사라지지 않을 거야. 다시 빛을 보게 된 작품 때문에 아버지는 많은 사람들의 기억 속에 끊임없이 되살아날 거야.

한참 뒤, 무대 조명이 꺼지고 관객들이 흩어지기 시작했다. 무대 앞쪽에 서른 명 남짓한 사람들이 남아 있었다. 극장 감독이 그들에게 말했다.

"기자 여러분, 괜찮으시다면 우리와 함께 접견실로 가서 목이나 축이면서 피아니스트와 작곡가의 따님에게 궁금한 사항들을 물어보시지요. 아니면 작곡가의 미망인에게 질문하실 수도 있습니다. 제가 알기로는 여기 참석해 계십니다. 레플렉스 부인?"

"네, 여기 있습니다."

나는 돌아보았다.

"안녕, 잔……."

무티는 약간 어색한 듯하면서도 감격한 눈길로 내 앞으로 왔다. 내게 선뜻 다가설 용기가 없는 듯, 내 쪽에서 무슨 신호라도 보내기를 기다리는 것 같았다.

나는 무티의 품으로 뛰어들었고 무티는 나를 끌어안았다. 무티도 나만큼이나 울었다.

"잘된 일이야, 잘된 일이고말고. 잔! 얼마나 좋은지 모르겠
다! 네가 한 일들은 나라면 어림없었을 거야……."

"엄마…… 그럼 연주회에 와 있었어요?"

이번에는 오마 할머니가 앞으로 나왔다. 플로랑도 있었다.

"당연하지."

할머니가 나서서 말했다.

"우리는 피에르가 미리 말해 줘서 알고 있었단다. 그런 우리
가 연주회를 놓칠 리 없지."

그때 남편이 미는 휠체어에 타고 있던 피에르의 어머니가
보였다. 나는 탄성을 올렸다.

"엄마, 이분들은 피에르의 부모님이세요. 제가 소개해 드릴
게요!"

"벌써 알고 있어. 연주회 내내 같이 앉아 있었거든. 피에르
가 미리 알려 주었어."

무티는 눈물을 훔치고 코를 푼 다음 피에르의 어머니에게
말했다.

"실례했습니다. 제가 너무 감격스러워서요."

"정말 특별한 날이었어요."

피에르의 어머니가 미소 지으며 대답했다.

"우리 모두에게 잊지 못할 순간이었습니다. 안 그렇습니
까?"

피에르의 아버지도 거들고 나섰다. 그때 기자 한 명이 다가

왔다.

"여러분이 피아니스트의 가족인가요? 아, 그리고 당신들은 오스카 레플렉스 씨의 가족 맞죠? 사진, 괜찮겠습니까?"

소식은 순식간에 퍼졌다. 우리 일행은 30초도 안 돼서 기자들에게 포위되고 말았다.

그때 피에르의 매니저가 내 쪽으로 뛰어오더니 내 양어깨를 잡았다.

"학생, 툴루즈에서 있었던 일은 용서해 줬으면 해. 기억하는지 모르겠지만……."

"아, 기억하고말고요!"

"피에르가 나한테 엄명을 내렸거든. 나를 많이 원망했겠지?"

"오늘 밤, 저는 아무도 원망하지 않아요."

"잔?"

뒤에서 피에르의 목소리가 들렸다.

"이분이 아마도 리코리니 선생님이야. 인사 안 했지?"

노음악가가 다가와 내 손을 힘주어 잡았다.

"피에르가 학생 이야기를 많이 하더군. 학생의 아버지는 위대한 작곡가였어."

"선생님의 제자도 위대한 피아니스트입니다."

우리 주변에서 녹음기들이 돌아갔고 플래시도 연달아 터졌다. 피에르는 나를 골탕 먹인 셈이었다. 잊지 못할 그 밤을 피에르는 오랫동안 준비해 왔고 나는 즉흥적으로 대처해야만 했으니까.

그날 밤 행사가 끝났을 때는 늦은 시각이었다. 피에르의 매니저인 장 졸리부아 씨가 우리를 데려다 주겠다고 우겼다. 그의 차를 타고 가는 동안 나는 약간 얼떨떨했다. 음악, 감격, 샴페인, 밤……. 내일이면 오스카 레플렉스라는 이름이 신문에 날 것이다.

우리 아버지에게 제2의 인생이 시작되는 것이다.

에필로그

　방학이 되었다. 약속은 없었지만 화요일이 되자 나는 벤치를 찾았다.

　나는 우리의 기이한 이야기를 적은 노트를 가방에 넣어 가지고 갔다. 그때는 피에르가 그렇게 큰 자리를 차지하고 있다는 사실을 알지 못했다. 사실 피에르는 자신과 오랫동안 정체를 알 수 없었던 피아니스트라는 이중의 역할을 해 왔다. 하지만 오늘 그 둘은 한 사람일 뿐이다.

　멀리서 피에르가 손을 흔들었다. 피에르는 우리가 처음 만났던 날 입었던 옷을 입고 있었다. 얼마 전에 온 신문이 떠들어 댔던 위엄 있는 피아니스트의 모습은 어디로 간 걸까? 피에르는 나에게 어떻게 접근해야 할지 몰라 약간 어색해하는 남학생으로 돌아와 있었다.

피에르는 나와 처음 만나던 몇 달 동안의 거리감으로 되돌아간 듯 포옹하지 않고 벤치에 앉았다. 피에르는 웃옷에서 파일 노트를 꺼냈다. 나는 바로 알아볼 수 있었다. 내가 여기로 올 때면 항상 무언가를 적고 있던 그 노트였다.

"피에르?"

"응……. 어, 잠깐만."

우리 맞은편 벤치에 허름한 옷차림을 한 남자가 앉아 있었다. 약간 낯이 익은 사람으로 날씨가 화창하면 거리로 나오는 노숙자였다. 그는 가끔 우리 학교 주변을 배회했다. 피에르는 벤치에서 일어나 그에게로 가더니 그의 주머니에 무언가를 집어넣었다. 그 남자는 피에르가 준 지폐를 꺼내서 액수를 확인하고는 믿을 수 없다는 듯 두 눈을 휘둥그레 떴다.

내 주의를 다른 데로 돌리려고 애쓰는 피에르에게 나는 소곤소곤 말했다.

"아니…… 너 저 사람한테 뭘 준 거야? 제정신이야?"

"무슨 소리야? 내 돈으로 내가 원하는 일을 한 것뿐이야. 게다가 난 저 사람에게 톡톡히 빚을 지고 있거든."

"아는 사람이야?"

"아니, 전혀."

노숙자는 벌써 떠나고 없었다.

"피에르, 이번에는 설명해 줘야 해. 지난 몇 달 동안 네가 숨겨 온 모든 것을 이제는 꼭 얘기해 줘야 해."

연주회가 있던 날 밤에 우리는 그냥 헤어졌고, 그 뒤 단둘이 이야기할 기회가 없었다. 피에르는 짓궂게 환한 미소를 지었다.

"그래야지. 이야기가 길지도 몰라. 작년 9월부터 시작되는 이야기니까. 나는 그날그날 여기에다 적었어."

피에르는 두꺼운 파일 노트를 가리켰다.

"너도 알지만 난 내 생각을 말로 표현하는 데 서툴잖아. 그래서 말보다는 글이 더 나을 거라고 생각했어."

나는 노트를 훑어보았다.

"아니…… 피에르, 이건 네 일기잖아?"

"응, 우리의 이야기가 적혀 있어. 어쨌든 내가 겪은 건 처음부터 다 써 놓은 거야."

"그럼 이걸 내가 읽었으면 한다는 말이야?"

"잔, 난 네게 더 이상 비밀이 없어."

"나도 마찬가지야."

나는 피에르에게 내 노트를 건네주며 말했다.

내가 자기와 같은 생각을 했다는 사실에 피에르는 별로 놀라지 않았다. 자기 자신은 잘 느끼지 못하지만 서로 끌리는 사람끼리는 닮는 법이니까.

피에르는 나를 껴안았다. 그 포옹은 입맞춤보다 더 진실했고 우리 둘은 행복했다. 가까이서 차들이 오갔다. 이따금 지하에서 들리는 굉음으로 우리가 앉은 벤치가 흔들거렸다. 땅속

몇 미터 아래에서 로마 역과 클리쉬 역 사이를 지나가는 지하
철 소리였다.
　햇볕이 따사로웠다. 이따금 대담한 참새들이 짹짹거리며 몰
려와서 땅에 떨어진 빵 부스러기를 놓고 통통한 비둘기 두세
마리와 다투었다.
　시간이 멈춰 버린 것 같았다.

　피에르는 노트 첫 장에다 일종의 헌사를 써 놓았다. 그것이
즉흥적으로 붙인 제목이 아니라면 말이다.

　　중학교 3학년 2반 여학생 이야기

　그건 나였다. 아니, 피에르가 본 내 모습이라고 하는 편이
옳을 것이다. 내 거울이라고 해야 할까.
　나는 읽어 나가기 시작했다. 나는 피에르의 이야기가 어떻
게 끝날지 알고 있었다. 바로 오늘 그리고 여기에서 끝날 것이
다. 바로 내 이야기이니까 나는 그 이야기를 잘 알고 있었다.
하지만 피에르의 이야기이기도 하므로 한결 더 흥미로웠다.

『내 여자친구 이야기』에서 잔과 피에르의
'같은 추억, 서로 다른 이야기'가 이어집니다.

내 남자친구 이야기

2000년 12월 20일 1판 1쇄
2008년 7월 10일 1판 11쇄
2009년 9월 10일 2판 1쇄
2022년 2월 11일 2판 8쇄

지은이 크리스티앙 그르니에
옮긴이 김주열

편집 김태희, 박찬석, 조소정
제작 박흥기 | **마케팅** 이병규, 양현범, 이장열

출력 블루엔 | **인쇄** 코리아피앤피 | **제책** 정문바인텍

펴낸이 강맑실
펴낸곳 (주)사계절출판사 | **등록** 제406-2003-034호
주소 (우)10881 경기도 파주시 회동길 252
전화 031)955-8588, 8558 | **전송** 마케팅부 031)955-8595 편집부 031)955-8596
홈페이지 www.sakyejul.net | **전자우편** literature@sakyejul.co.kr
블로그 skjmail.blog.me | **페이스북** facebook.com/sakyejul | **인스타그램** instagram.com/sakyejul

값은 뒤표지에 적혀 있습니다. 잘못 만든 책은 구입하신 서점에서 바꾸어 드립니다.
사계절출판사는 성장의 의미를 생각합니다. 사계절출판사는 독자 여러분의 의견에 늘 귀 기울이고 있습니다.

ISBN 978-89-5828-396-6 44860
ISBN 978-89-5828-473-4 (세트)